세계화 시대 열린 시학

이 도서의 국립중앙도서관 출판시도서목록(CIP)은
e-CIP 홈페이지(http://www.nl.go.kr/cip.php)에서 이용하실 수 있습니다.
(CIP제어번호 : CIP2008003157)

세계화 시대
열린 시학

■ 김광림

Poetics of Openness in the Age of Globalization

푸른사상

■ 머리말

시작생활 60년에 접어들면서 그동안 독자시집 17권과 시론집 8권을 내놓았다.

그러고 보니 이번의 시론집 『세계화 시대 열린 시학』은 아홉 번째 시론집이 되는 셈인데 어쩐지 이쯤에서 그동안의 시의 행적을 마무리 지어야겠다는 생각이 드는 요즘.

팔순(八旬)에 접어들면서 죽음이 눈앞에 아물거려 지금까지 불가사의를 푼다든지 의미를 해명할 때 그 단서가 되는 이른바 '0'과 '허정무위(虛靜無爲)'를 키워드로 삼아왔지만 점차 건망증이 고조되면서 애매모호한 일상사에 빠져들게 되었다.

인습에 매달려 까막눈이 되어 토속적인데 멍청해질까봐 키워드를 세계적 시대로 끌어들여 새로운 시야(視野)를 지녀야겠다는 생각이 절실하다.

金光林

5

셋째 장

넷째 장

첫째 장

참된 한국적인 시의 의미를 찾아서

1

시를 다루는 입장을 크게 두 가지로 나눠서 생각할 수 있다. 하나는 자기나라 사람만이 알 수 있는 작품을 쓰는 경우와 다른 하나는 세계 적인 유통 속에서 작품을 다루는 입장이 그것이라 하겠다.

하지만 어느 쪽이 성하냐의 차이가 있을 뿐이다.

우리나라에는 근자에 이 두 가지 현상이 두드러지게 나타나고 있다. 50년대 이전만 해도 로컬리즘이 지배적이었다. 코스모폴리탄의 성질을 띤 작품은 이단시되어 왔다. 지금도 세계 속에 한국을 의식하지 않는 일부 시인들은 국제 감각을 외면하고 토속적인 것에 거의 쇄국(鎖國)하 다시피 하고 있다.

대체로 영·미·불·독·일 등의 현대시인들은 세계적으로 통용되 는 시를 쓰는 것 같고 전제적이거나 후진국에서는 자기나라 것만을 고 집해 버리는 성향이 농후한 것 같다. 전자는 국제사회 속에서의 자아 를 인식하지만 후자는 영광된 조국의 빛나는 전통 속의 자아를 인식하 고 나설 따름이다.

우리는 흔히 한국적인 것을 내세우고 있다. 외국 시인들과의 경쟁에서 견딜 수 있는 것은 현재 이것 밖에 가지고 있지 못하다. 우리의 특색을 다른 나라에서 따를 수 없을 테니까 독보적이다. 하지만 한국적이라는 것도 따지고 보면 동양적인 것의 일부이거나 본시 중국적인 것의 토착화된 것임을 알 수 있다. 중국의 문화와 사상(事象)의 영향권에서 형성된 것이기 때문이다. 이것을 두고 우리는 한국적이라고 부르는 데 불과하다.

이제 우리가 서구의 문화와 사상을 받아들여 토착화시키는 일은 한국적인 것에의 새로운 지향이라고도 볼 수 있다.

제2차 세계대전 후 하이델베르크대학의 총장이던 칼 야스퍼스는 개강에 앞서 학생들에게 "우리들은 다시금 괴테에 돌아가는 일이 의무이다"라고 역설했다고 한다. 이 말은 야스퍼스가 나치의 광적인 국수(國粹)를 부정하고 참다운 독일적인 것의 심볼로 괴테를 내세운 것이라 볼 수 있다. 그런데 괴테만큼 진보적인 사람도 없었던 것 같다. 모르긴해도 세계문학이라는 말을 최초로 들고 나온 사람이 아닌가 생각한다.

결코 우리는 외국의 것을 받아들이는 데 인색할 필요가 없다고 본다. 이것을 우리의 토양 위에서 위대하게 꽃피울 때 세계가 알아주는 어쩔 수 없는 한국적인 것이 된다고 필자는 믿고 있다.

2

시는 언어로 표현되는 것이지만 시를 이해하는 데 가장 장애가 되는 것 또한 언어이다.

가령 우리가 자유를 말하면 벌써 제한되고 그 가치가 떨어진다. 현실도 마찬가지이다. 현실을 말할 때 현실은 어떤 범주 속에 갇히고 만다. 시를 비평하는 일에 두려움이 생기는 것은 이 때문이다.

그래서 시는 되도록 너무 세부적으로 분석치 말고 충격만을 받아들이는 것이 소망스럽다. 욕심 같아서는 시를 마치 향기처럼 맡아버릴 수 있었으면 싶은 것이다.

아리스토텔레스 이래로 시에 대한 숱한 생각이 피력되어 왔지만 현대에 이르러서도 우리는 여전히 아르튀르 랭보의 어머니가 시에 대해 취한 입장 이상을 나서지는 못하고 있는 것 같다.

랭보의 「지옥의 계절」을 맨 먼저 읽은 그의 어머니는 짜증스럽게 물었다. "대체 무슨 말을 하고 있느냐……"고 그러자 랭보도 지지 않고 성난 어조 응수했다. "쓰여 있는 그대로지요"

지껄이면 시가 되던 시절이라면 또 몰라도 적어도 현대시에서는 아무리 단순한 표현이라도 그 배후에는 두려운 응축작용이 숨겨져 있다는 사실을 생각할 때 쓰여 있는 그대로를 본다는 것의 어려움을 실감하게 된다.

*　　*　　*

예전에는 운문이면 시라고 생각했다. 지금도 그런 생각을 고집하는 사람이 더러 있지만 이는 순전히 시를 외면적인 의미에서 대하는 견해라 할 수 있다.

한편 이와는 대조적으로 현대시에서는 산문으로도 시를 쓰고 있다. 시를 내면적인 의미에서 받아들이는 입장이라 볼 수 있다.

나는 차라리 포에지가 없는 운문보다 포에지가 있는 산문 쪽을 택한다.

무릇 현대시에서는 시의 생명을 포에지에 두고 있는 것 같다. 형태나 내용에 구애됨이 없이 포에지, 즉 예술 하는 정신이랄까. 예술적 창작성이랄까. 아무튼 그런 것이 있느냐 없느냐에 따라 시냐 아니냐를 식별하는 것 같다.

시는 많아도 정작 시가 별로 없다는 말은 바로 이 포에지가 결여된 운문이나 행만을 바꿔놓은 산문이 시로서 많이 발표되고 있다는 것을 의미한다.

3

시의 흐름을 이즘이나 유파로서가 아니라 시작(詩作)체험 일반의 문제로서 다룰 때 크게 두 갈래로 나눠볼 수 있다. 하나는 '견자'의 흐름으로 다른 하나는 '예술가'의 흐름으로.

이 두 갈래 속에 속하는 시인들은 각기 다른 시작(詩作)방법을 가지고 있어서 전자가 무의미의 상태에서, 후자가 각성된 상태에서 시작한다고 볼 수 있다.

가령 서구 근대화의 경우 랭보나 로트레아몽, 그리고 쉬르 레알리스트는 '견자'의 흐름에, 보들레르나 말라르메, 발레리 등은 '예술가'의 흐름에 속한다고 볼 수 있다.

이 상반된 시인들의 체험을 같은 하나의 시적 체험으로 간주한다는 것은 거의 불가능하다. 하지만 이들이 법열에 이르는 방법으로 각기 다른 방법을 취하고 있는 것을 알 수 있다.

발레리는 각성된 상태야말로 시작(詩作)에 있어서 바람직한 상태로 보고 있다. 시작은 '지상의 축제'라고 한 그의 시관이 드러나 있다.

*　　*　　*

근래 내가 관심하는 시작(詩作)에는 두 가지가 있다.

하나는 언어가 썩 잘 다듬어진 시, 다시 말하면 표현에 기여하지 않는 언어는 결코 사용치 않고 자상하게 매만져서 맵시를 낸 것을 말한다. 또 하나는 오브제를 대담하게 찍어낸 작품이다.

그러니까 감정의 흐름을 곱게 장식했다거나 관념적인 빈 소리에는 거의 흥미를 못 느끼고 있다.

언어가 썩 잘 다듬어진 것이란 조소적(彫塑的)이라는 뜻도 포함된다. 늘 매만지고 다니는 호주머니 속의 주화처럼 잘 닦여진 언어로 만들어진 시, 시가 언어의 예술이라는 명제에 가장 충실해 있는 것, 한마디로 너무나도 시적인 시를 말한다.

한편 오브제를 대담하게 찍어낸 것이란 터치가 좀 거칠더라도 대상을 새롭게 드러내 보이는 언어표현을 말한다.

생동감이 있고 파괴력이 있는 것, 배후를 크게 거느리고 있으면서 이를 진감(震憾)시키는 시, 어찌 보면 시적이라 할 수 없는 비시적인 작품을 말한다.

언어란 묘한 것이어서 같은 대상을 두고도 표현방법에 따라 전혀 다른 것이 되어버린다.

4

요한복음서 첫마디에 "태초에 말씀이 있었다"고 했다. 괴테가 「파우스트」에서 제기한 것처럼 왜 하필이면 태초에 '정신'이나 '힘' 또는 '행위'가 있지 않고 '말씀'이 있었다고 했을까, 결국 '말씀'은 하나의 몸짓이며 행위이며 정신의 운동이라 생각하면 납득이 안 가는 바도 아니다.

또한 "말씀이 곧 하나님이요, 만물이 그로 말미암아 지은 바 되었다"는 것이다. 말씀이 곧 조물주라는 생각은 다음의 "이 말씀에 생명이 있으니 이 생명이 사람의 빛"이라는 언어 생명설에 이어진다. 언어가 생명의 원천이라는 뜻으로 받아들여진다. 하이데거의 명명설(命名說)도 이쯤에서 연유되는 것 같다.

그러니까 언어로 명명됨에 따라 비로소 만물은 존재하게 된다고 볼 수 있다. 언어가 한갓 전달의 도구로서가 아니라 본질적으로 창조적인 기능을 갖게 되는 것은 이 때문일 것이다.

지금까지 우리시는 대체로 목청을 가다듬거나 말을 잘 다듬는 일에 많이 몰두해 있었던 것 같다. 그 성과는 너무도 시적인 시에서 찾아볼 수 있을 것이다.

이런 조탁도 매우 소중한 일이긴 하지만 새로운 사상을 지어 내려면 좀 더 대담한 시도가 있어야 할 것이다. 다시 말하면 셰익스피어의 말마따나 "실제로 있지도 않는 것을 만들어내는 힘으로 굳혀져 있어야" 할 것이다.

기성의 한 맥락을 절단하고 거기에서 도약하는 눈부신 높이에서 인지될 수 있는 이를테면 좀 어수룩하고 논리적으로 딱 맞아떨어지지도 쪼개지지도 않지만 아이러니의 묘미가 생동하는 그런 뉘앙스의 시가 아쉽기만 하다.

*　　*　　*

뒤늦게 이 땅에 '열려진 시'와 '닫혀진 시'에 대한 관심이 표명되고 있는 것을 보게 된다.

이 말은 프랑스의 시론가 르네 네리의 저서인『열려진 시 닫혀진 시(1947)』에서 온 것이 아닌가 싶다. 우리나라에서는 이 열려진 시와 닫혀진 시를 읽히는 시와 잘 읽히지 않는 시로, 또는 쉬운 시와 어려운 시로 보는 견해도 있지만 이것은 네리의 시론을 모두 안이하고 소박하게 곡해한 것이라 볼 수 있다.

필자가 알기로는 네리는 열려진 시를 닫혀진 시에 대치시켜 닫혀진 시는 '언어상에 닫혀진 시'임을 강조하고 있다.

그러면 언어상에 닫혀진 시란 어떤 것일까? 그것은 현대에 되살려지지 않는 고어(古語)나 아어(雅語)의 시, 또는 사실의 미보다도 언어상으로 장식된 미의 시를 두고 말할 수 있을 것 같다.

그렇다면 '열려진 시'의 성격은 어떤 것일까? 네리는 우선 사물과 사물과의 새로운 관계를 설정하는 일을 전제하고 나선 다음, 그와 같은 관계에서 내적인 신화의 통일을 만들지 않으면 안 된다고 강조하고 있다.

이때 새로운 관계의 설정은 존재물과 그것을 보고 느끼는 시인의 정신과의 교섭이 없이는 성립되지 않으며 단순한 주관주의나 객관주의만으로는 새로운 관계가 성립되기 어렵다.

이렇게 따지고 보면 읽히는 시나 쉬운 시가 반드시 '열려진 시'가 아니며 잘 읽히지 않는 시, 어려운 시가 '닫혀진 시'가 되는 것이 아님을 알 수 있다.

요컨대 어느 시인이 사물과 사물과의 새로운 관계를 발견해 내고 그 위에 내적인 신화를 구축하느냐에 따라 '열려진 시'가 이룩되는 것으로 보아야 할 것이다.

시인이 지향해야 하는 시세계

반세기가 넘어 몇 해가 지나도록 이북에 두고 온 부모형제 소식도 모르고 지내는 이산의 아픔을 견디어내게 한 손길이 바로 시였다. 시가 아픔을 근본적으로 치유는 못해도 발상법 여하에 따라 구원을 받을 수도 있었기 때문이다.

시작(詩作) 방법상의 테크닉이라 할까, 시 정신의 소이랄까, 아무튼 해학·풍자·유머·위트 등을 거머쥔 아이러니가 작용한 데서 그것이 가능해졌다. 아이러니가 순수한 문학상의 현상으로 나타난 것은 호머(Homer) 이래의 일이지만 문화상의 현상으로는 18세기 후반부터의 일인 것 같다.

새로운 세계관의 발전에 호응하여 아이러니도 새롭고 폭넓은 기능을 지니게 되었기 때문이지만 인생에 대한 '닫힌 세계관'에서 새로운 '열린 세계관'으로 바뀜에 따라 과학적 태도와는 상반되는 낭만주의의 출현과 더불어 아이러니는 더욱 세계에 대한 인간들의 반응 방법으로서 등장하기에 이르렀던 것 같다.

이와 같은 견해에서 지금 세계에서 아이러니의 정신과 감각은 인생에서 긍지를 뛰어넘는 수단으로서 없어서는 안 되는 것이 되어가고 있다. 시가 이상야릇한 쾌감을 가지고 따분하고 괴로운 현실을 따분하지도 괴롭지도 않게 해준다면 아이러니는 초현실의 모순과 부조화를 이상야릇한 쾌감으로 용솟음치게 하는 가장 뛰어난 방법론이라 아니 할 수 없다.

*　　　*　　　*

우리는 흔히 시에는 감동이 있어야 한다고 말한다. 이때의 감동은 시를 통해 심적인 충동을 받는 상태라고 할 수 있다.

다시 말하면 '마음을 울리게' 하는 일인 것이다. 이 '울리게' 하는 일은 '읍(泣)', '명(鳴)', '향(響)'의 세 가지 요소를 다 지니고 있어서 호소력이 심정적일수록 '泣'에 기울고 사고적 일수록 '鳴'에 가까워진다고 볼 수 있다.

종래의 서정시에서 말하는 감동에는 감상적이거나 감루적(感淚的)인 요소도 다분히 있었던 것 같다. 하지만 오늘의 시에서 말하는 감동은 지적 경악감이 자아내는 인식이 공명이 아닌가 보고 있다.

예전에는 시가 독자에게 어필하기 위해 작자의 심정을 직설적으로 전가시키려 했다. 즉 작자의 심정을 유로(流露)함으로써 독자의 심정에 스며들게 하려고 했던 것이다.

하지만 오늘의 시는 심정을 사상으로 비유하거나 암시할 뿐, 드러내 보이지 않는다. 그 대신 표현 속에 숨겨져 있는 배경(背景)을 흔들고 울리(響)게 한다. 이때 배경을 얼마나 크게 흔들어 놓느냐에 따라 울림의 진폭이 결정되고 어필의 차도가 생긴다고 볼 수 있다.

*　　*　　*

근래 나는 음의 진동이 자아내는 흥미 있는 사실에 주목하고 있다. 음의 반향(反響)설과 형상설이 그것이다.

전자에 대해서는 프랑스의 정신병리학자 민코프스키가 샘물과 피리의 비유를 들어 음의 반향을 설명하고 있다. 그의 설에 따르면 우물이 밀폐되었을 때에는 솟아나는 우물물의 물결은 우물의 내면에 메아리치면서 우물 속을 소리로 채운다는 것이다. 또한 피리 소리는 곳곳에 반향하여 어떤 작은 잎이나 이끼도 진동시켜 숲 전체를 소리의 세계로 변하게 한다는 것이다. 그런데 이러한 파장(波長)은 존재의 가장 깊은 곳까지 반향하여 삶의 향성(響性), 즉 생명을 약동시키는 역동적인 것으로 보고 있다. 그러니까 이 파장은 단순히 감각적인 것이 아님을 알 수 있다.

한편 물리학의 실험에 의하면 모래를 깐 금속판에 어떤 음의 진동을 전달하면 의외의 기하학적 형상이 그 금속판에 완연히 그려진다고 한다. 이러한 기본적인 실험으로 리듬과 음을 조직하고 있는 힘의 관계를 볼 수 있다.

흔히 말하기를 기도하면 이루어지고 저주받으면 망한다고 하지만 따지고 보면 이 속된 이야기도 이런 데서 연유한 것이 아닌가 싶다.

*　　*　　*

시가 정치적·사회적·현실적인 것의 목적 달성을 위한 수단이나 방법으로 존재하는 것이라면 나는 일찌감치 시를 포기했을 것이다.

오늘날 내가 숙명적인 이산의 아픔까지 감수하면서 고향을 떠나온 것은, 아니 버리고 온 것은, 당시 그 곳에서는 시를 당과 인민을 위해 복무해야 하는 것으로 그 존재를 인정받고 있었기 때문이다.

시는 무엇을 위해 봉사하는 도구도 수단도 아니다. 나무는 나무이고 돌은 돌이듯이 시는 언어 그 자체일 뿐이다. 다만 말에는 의미가 있어서 감동되면 좋아하고 사랑할 테고 그렇지 못하면 포기할 수밖에 없는 게 시이다.

시로서 정치를 바로잡고 사회를 개조해 보려는 시인도 간혹 있다. 그들은 시를 그렇게 하기 위한 기폭제나 뇌관쯤으로 여기는 듯 한데 천만의 말씀이다.

시로서는 아무 것도 바꿀 수 없다.

지난날 오마쥬 족들은 대통령 취임 때 쓴 찬가를 보면 갖은 아양과 호들갑을 떨며 청렴결백하고 참신, 과감한 위정자로 한껏 추켜세우고 있었지만 결국 비리와 부정으로 얼룩져 있는 사실만 해도 그렇다. 이 쯤에서 나는 W. H. 오든의 말을 상기해 본다.

> 시로서 정치를 바꿀 수는 없다.
> 시가 살아남는 장소는
> 정치가들이 손댈 수 없는 작은 계곡이다
> 거기에서 南으로 흘러
> 고독이나 탄식이나 목장을 빠져
> 우리들 俗人들이 믿는다든지
> 죽는다든지 하는 거리를
> 지나는―그 詩가 河口에 당도하는 것도
> 사소한 우연의 일이로다.

작은 계곡의 물로서의 시가 시인의 외로움과 탄식과 평화로운 목장을 지나 사람들의 신뢰와 죽음의 거리를 거쳐 하구(河口)에까지 이른다는 것은 대단한 것일 수밖에 없다.

대개는 중간에서 고갈되거나 사라져버리기 마련인데 하구까지 당도하다니—오든은 사소한 우연이라고 했지만 소멸되지 않는 시의 경지를 이렇게 말하고 있는 게 아닌가 싶다.

많은 사람에게 한 번 읽히고 마는 그런 시가 아니라 한 사람에게라도 두고두고 읽히는 시가 바로 이런 게 아닌가 싶다. 그래서 나는 시가 누구의 사주를 받아쓰거나 대가성을 바라고 쓰여 지는 것이 아님을 재확인하고 싶다.

시는 산 속의 새가 홀로 울듯이 그저 쓰고 싶어 쓰면 된다. 사람들은 새 울음소리를 듣고 흐뭇해하고 행복감마저 느끼는 모양이지만 새는 누구를 위해 우는 게 아니라 울고 싶어 운다는 걸 생각하면 시도 그런 것이어야 한다고 여겨진다.

목적성을 거느린 시는 시가 아니며 독자를 의식한 시도 내가 생각하는 참시는 아니다. 절벽을 뛰어내리듯 하는 왁자지껄한 시가 아니라 아무도 모르는 계곡의 물처럼 홀로 온갖 굴곡과 장애를 거쳐 하구에 이르는 그것이 바로 내가 생각하는 시인 것이다.

새 마음 갈아 끼우기

1990년의 새 아침이 밝았다. 한 세기의 마지막 연대가 펼쳐진 것이다. 5공의 응어리도 일단 풀렸으니 우선 개운한 마음으로 새해를 맞아들인다.

진작 나는 새해를 맞는 감회를 이렇게 표출해 본 일이 있다.

어제 진 해가 다시 떠오르고
어제 분 바람이 다시 왔건만
밝아온 이날을
새날이라 하는 까닭은 무엇일까

눈맞는 장독대가 그냥 그 자리
얼어붙은 江은 노래하지 않는데
새삼 이 아침을
새 아침이라 하는 까닭은 무엇일까

除夜의 종소리가 울리면
사람들은 말한다
새해 첫날이라고
입을 모아 지껄인다

정월 초하루라고

지나가버린 것은 낡고
오는 것은 새로워야함은
오랜 人類의 끝없는 바람인 것을

이제 우리 조금은 더 크게
이제 우리 조금은 더 넓게
이제 우리 조금은 더 깊게
그리고 알맞게 영글고 싶은
싱싱한 그 생각이
푸짐한 그 마음이
새롭고 새로운 것임을
오늘 비로소 알겠다 알겠다

이 시에서 필자는 새삼 새롭다는 것의 의미를 되새겨보았다. 즉 그
것은 우리가 좀 더 큰 포부와 미래지향적인 넓은 시야와 그리고 좀 더
신중하고 깊은 사고를 갖는 일이며 알맞게 영글어 정신의 풍요를 누리
는 일이 아닌가 생각했던 것이다.

이 바람 같은 다짐이 이루어지기나 하듯이 우리나라는 고도의 경제
성장을 이루어 무역수지 흑자국으로 발돋움하였으며 국제올림픽을 성
공적으로 치른 민족의 긍지를 가지게 되었다. 그런데 문제는 이것을
지속적으로 밀고 나갈 힘이 우리에게 있었느냐 하는데 회의를 느끼지
않을 수 없게 되었다. 그것은 우리 앞에 몇 개의 큰 걸림돌이 가로놓
여 있었기 때문이다.

올림픽을 치르기가 바쁘게 5공 청산이 이루어지지 않는 데서 정쟁
(政爭)의 불길이 되살아났다. 거센 민주화 요구에 노사(勞使)분규가 잇따
랐다. 공장 문을 닫는 곳도 생겼다. 경기는 후퇴하고 마침내 무역역조

현상을 초래하고야 말았다. 거기에 엎친대 덮친 격으로 일시적인 호황에 들뜬 국민들은 투기에 몰리고 사치와 낭비의 소비성만 조장시킨 결과가 돼버렸다.

허리띠를 졸라매던 때가 언제인데 흥청망청 대는가. 한심스러울 지경이다. 연일 매스컴에서는 우리 경제의 위기를 호소하고 있다.

수출이 늘지 않고 수입이 늘어난다고 걱정하고 있다. 한때 우리 경제의 고도성장을 무섭고 놀라운 용으로 평가하던 세계의 시각이 요즘 와서 나약한 지렁이로까지 절하되어 냉소의 대상이 되고 있는 실정이다. 지렁이도 밟으면 꿈틀댄다는데 이런 소리를 듣고도 정신을 못 차린다면 소돔과 고모라의 전철을 밟지 않는다고 아무도 장담할 수 없을 것이다.

그러나 한편 돌이켜 생각해 보면 우리가 너무 많은 것을 한꺼번에 욕심냈기 때문에 그렇게 되었는지도 모른다는 생각이 들기도 한다. 지나치면 못 미친 것만 못하다는 격언처럼 과욕이 자초한 체중이라고 생각하면 고칠 방도가 있을 것으로 기대하고 희망을 가져본다. 기실 경제건설과 민주화 요구와는 서로 잘 맞아 떨어지지 않는 데가 있다는 것을 생각할 때 더욱 그러하다.

그 한 예를 그리스에서 찾아볼 수 있는데 지금 그곳에는 짓다만 공장들이 고대문명의 유적처럼 산재해 있다. 한때 이 나라의 독재정권이 독려하여 착공한 생산업체가 민주화 물결에 밀려나서 공사를 중단해 버렸기 때문이다. 이들의 민주화는 경제건설을 지속적으로 밀고 나가기에는 힘이 부쳤던 모양이다. 조상을 팔아먹고 사는 민족이니 별 수 없다는 생각이 들기도 한다.

이에 비하면 우리는 민주화, 자유화, 개방 정책을 추구하면서도 어쨌든 7%의 경제성장을 이루고 있는 나라라는 자부심을 가져보기에 앞서 우리가 이 시점에서 하루 빨리 버려야 할 것과 취해야 할 것이 무엇인지를 생각해본다.

우선 생각되는 것이 정치에 대한 국민들의 불신감 해소가 시급하다는 점이다. 지난 연말에 5공 청산의 대타협이라도 이루었기 망정이지 하마터면 정치부재의 현상이 빚어질 뻔했다. 지금까지 우리나라 정치는 대체로 대권을 노린 당쟁은 있어도 국가발전을 위한 사심 없는 정치는 별로 있었던 것 같지 않다. 권모술수와 거짓말에 능한 지도자는 있어도 인도의 마하트마 간디나 폴란드의 바웬사 같은 속을 비운 지도자는 아직 없지 않은가 싶다.

다음에 노사 간의 갈등문제를 들 수 있다.

지금까지 우리의 기업가들은 권위주의를 앞세워 가혹하리만큼 노동통제를 가해왔다. 저임금에 고소득만을 추구하여 피고용인의 복지후생에는 거의 관심을 두지 않았다. 노사분규의 불씨는 바로 이런 데서 생겨났다고 볼 수 있다. 다만 노사분규에 편승하여 이데올로기로 무장한 노동계층이 야기하는 전투적 데모나 사보타주(태업)는 경계대상이 아닐 수 없다.

그리고 또 하나 우리들의 소승적 근시안적 관점이 문제이다. 지금 우리는 세계를 상대로 크렘린 광장에도, 백두산 천지에도 가볼 수 있는 세상이 되었다. 이렇듯 우리의 처지에서 고루한 민족주의나 국수적 전통의식에만 사로잡힌다면 이 또한 아나크로니즘(시대착오)을 면할 길 없을 것이다. 적어도 세계성을 가지고 모든 일에 대처할 때 진부하고 허무맹랑한 시대착오를 범하지 않게 될 것이다.

다시금 희망을 걸어보는 새해가 왔다. 올해는 말(馬)의 해. 우리의 정치·경제·문화가 시원스레 내닫고 싶은 90년대이다. 이 염원을 담아

나는 다시금 이렇게 노래한다.

덩치가 크면
좀 우직스럽고
느슨하게 마련인데
너는
훤칠한 키에 날랜 몸매
장애물도 곧잘 뛰어넘는다
재치있게 유순하게
폭넓은 걸음으로
세상사 거뜬히 헤쳐나간다.
동족끼리
물어뜯거나
들이박거나
으르렁대는 일없이
정히 못마땅하면
아예 걷어차 버리는 너
되는 일만 골라
척척 아귀를 맞춰나가면
제법 신바람 나는 질주가 이뤄진다
올해사
白馬
赤兎馬
黑馬
跨野馬서컨
四頭마차로
한껏 내달아 봤으면

이제 우리 새롭게 태어날 수는 없어도 새 마음을 갈아 끼워야 할
시점에 이른 듯하다.

둘째 장

탈북과 이민의 외로운 여정

－시인 박남수

술을 못 마시는 외로움

탈북 시인 가운데 한국현대시단에 뚜렷한 대들보 역할을 한 시인을 들라 하면 나는 서슴지 않고 박남수, 구상, 김종삼, 전봉건을 들먹일 것이다.

이 중 박남수와 전봉건은 추천이라는 절차를 거쳤지만 구상과 김종삼은 자가발전을 한 시인으로 부상한 차이가 있을 뿐이다.

이들 중 관심을 가장 끌었던 사람은 박남수 시인이다. 작품으로나 인간성으로나 행적으로나 2004년 84세로 타계한 구상 시인 다음으로 박남수 시인이 삶을 누렸지만 지금의 내 나이(76세)에 가버렸으니 안타까움이 더하다. 그것도 조국이 아닌 이국에서. 1994년이니까 올해로 꼭 11년이 된다. 10년이면 강산도 변한다는데 추모의 정이 가시기는커녕 더 절실히 다가온다.

박남수 시인은 나에게 있어서 스승이자 선배이자 동기나 동료처럼 여겨지기도 했다. 시와 인간적인 사귐이 그러했던 것 같다.

나로 하여금 시의 이미지의 역할에 눈뜨게 하였고 표현 뒤에 숨겨진 배경의 흔들림의 중요성을 일러주었다. 한편 내가 박시인을 동기나 동료처럼 여긴 것은 이분에겐 글벗 몇 사람 외엔 사귀는 분이 거의 없었다. 근래 나도 금주를 하고 나니 벗이 없어지듯이 이분이 음주하는 걸 본 일이 없다.

가족들을 미국에 떠나보내고 회현동에 하숙하고 있을 때 글벗이 만나자고 해서 명동에서 만나 차 한 잔 마시며 이야기를 나누고 나면 헤어지기 일쑤인데 이럴 때 외환은행 명동지점 대리로 근무하던 나에게 들르곤 했다. 보통예금계에 근무하고 있어 한참 도장을 찍다가 고개를 들면 간혹 객장에 박남수 시인의 모습이 보이곤 했다. 대충 일을 마치고 점심시간을 이용해서 식당으로 모시곤 했다. 그리고 다방에 들러 차 한 잔 나누곤 헤어졌는데 그 다음의 행적은 알 길이 없다. 아마 하숙집에 되돌아갔으리라 여겨진다.

만남에서 헤어짐

내가 박남수 시인을 대한 것은 1975년, 군대에서 막 제대하고 나서 김종삼·전봉건 시인과 만나 3인 연대시집 『전쟁과 음악과 희망과』를 펴내고 나서 이루어졌다. 전선에서 막 돌아온 시의 풋내기를 정예신인들과 결합시켜 준 이는 '서린다방'에 진을 치고 있던 임긍재였다.

당시 박남수 시인은 월간 문예지 《문학예술》을 주재하고 있었는데 전봉건 시인의 주선으로 만나게 되었다. 후에 안 일이지만 두 시인은 숭인상업 동창으로 선후배 사이였다. 하루는 전봉건 시인을 통해 나에게 시 청탁이 왔다. 그때까지 이렇다 할 추천이나 당선을 거친 바 없어 이제야 추천을 받게 되었는가 싶었는데 막상 발표된 지면을 보니 기성 대접을 받고 있었다. 3인 시집으로 이미 이분의 인정을 받은 모양이었다.

그때 씌어진 작품이 「傷心하는 접목」. 그 후 나의 첫시집 『傷心하는 접목』이 '백자사'에서 출판되었다. 그로부터 시집을 꾸밀 때마다 그 분의 은덕을 생각하며 지금까지 16권의 시집이 나왔다.

세상에는 자기만을 두둔하고 위해 주길 바라는 선배가 있는가 하면 후배를 아끼고 위하는 선배도 있다. 이 보답을 나는 10년이 지나 이분의 제3시집 『神의 쓰레기』에서 이루어졌다. 그리고 이분이 미국으로 떠난 후에는 내가 주간하던 ≪현대시≫에 성화같이 작품을 청탁하여 한동안의 침묵을 깨뜨리게 했다. 박남수 시인의 시집은 모두 8권인데 『神의 쓰레기』 이후 2권은 나의 주선으로 이루었다. 이토록 이분과의 만남에서 1975년 미국에의 이민으로 인한 육신의 헤어짐까지 그야말로 혈육의 정 이상의 수어지교(水魚之交)가 있었다.

시를 씀으로 해서 치르는 대가는 엄청난 것인지도 모른다. 가족을 먹여 살리지 못하고 생활을 지탱해 나갈 수 없다는 것은 하나의 형벌(刑罰)이 아닐 수 없다. 그리하여 박남수 시인은 역설적으로 사유를 노래하고 우긴 죄, 그것을 표적으로 겨누는 자를 고발한 죄, 10년 시간강사직을 그만둔 죄밖에는 없다고, 시인의 너무나 결백하고 청빈했던 사실이 생활의 형벌을 치르게 된 죄일 수밖에 없다고 실토하고 있다.

박남수 시인은 원했거나 좋아서 미국으로 간 것이 아니라 마지못해 유배가는 심정으로 시 「김포별곡」의 시구처럼 "인류의 소리를 모두 합친 것만치나 큰 통곡을 하고" 떠난 것이다. 이 땅에서는 처신을 하자면 체면 문제가 앞서고 눈치코치 다 보며 살아야겠지만 이국이라면 그런데 쓰이는 마음의 부담을 덜 수 있고 무슨 일이든 할 수 있지 않겠느냐는 생각으로 이민을 결심한 게 아닌가 싶다.

미국에 이민 가서 박시인이 처음 머문 곳은 교포들이 많이 살고 있는 플로리다였다. 하지만 이곳에서는 발붙이기가 어려웠던지 다시 대륙을 횡단하여 뉴욕의 월가에 표류했다는 소식이 날아들었다. 생판 낯선 곳에서 과일가게라도 차릴 생각으로 몸소 가족들을 데리고 불탄 점포를 인수하여 상점 이름을 'Big Bee'로 붙였단다. 벌처럼 부지런하다는 뜻인데 그때까지 매미처럼 노래(시)만 부르고 살아온 데 대한 반대 현상같이 느껴졌다.

얼마쯤 지나 다시 노래(시)를 불러달라고 졸라대고 괴롭힌 것은 나였다. 시집을 묶자고 떼를 쓰다시피 했다. 그리하여 여섯 번째 시집 『서쪽 그 실은 동쪽』이 출간되었다. 1992년 초의 일이다. 서울에서 발간된 이 시집을 받아보고 이분한테서 한 서린 사연이 당도했다. 시집이 나오기를 고대하던 부인이 이걸 못 보고 떠나갔다는 것이다. 삼우제 때 제물로 삼겠다는 말에 가슴이 뭉클했다.

이듬해 시집 『그리고 그 이후』를 김종철 시인의 출판사에서 출간하고 이어 국내에서 발표된 작품 중 시집에서 누락된 것을 『小路』로 묶자 이제 이승의 일은 모두 끝냈다는 듯이 훌쩍 저승으로 영영 자취를 감추고 말았다. 이때 나는 <서울신문>의 요청으로 다음과 같은 조시를 썼다

　　　哭 朴南秀

　　　살아서는 못누리는 귀향을
　　　저승길에서라도
　　　잠시 들러볼 요량으로

홀연 이승을 하직하셨습니까

김포에서 손을 흔든 지
꼭 열아홉 해
1994년 9월 17일
새벽 두시

추석을 불과 사흘 앞두고
송편을 빚어줄
아내를 찾아
기어이 떠나야만 했습니까

고국이 서쪽인지 동쪽인지
어림짐작도 잘 안 가는
이국땅 뉴저지에서
어이 눈을 감으셨습니까

선생님!

지금껏 남아 있는 아쉬움

지금까지 나는 57년의 만남에서 94년의 헤어짐까지 정감이 넘치는 교류와 정을 더듬어 왔지만 지금도 미련같이 남아 있는 아쉬움을 실토하련다.

G출판사가 『현대시문학대계』를 시리즈물로 엮은 적이 있는데 이때 박남수 시인은 김종한 시인과 한데 묶어져 나왔다. 이 소식을 접한 박남수 시인은 도쿄(東京) 유학시절을 회상하며 두 사람의 끈질긴 인연을 실토했는데 막상 완간이 되고 보니 대접이 소홀했음을 느끼게 되었다.

김종한 시인은 작품 수량이 적어 곁들여 수록되긴 했지만 시작의 공백기 탓인지 아니면 정실이 작용했는지 단독 단권으로 방대한 양을 수록한 시인 가운데는 반드시 비중이 큰 시인만 있는 것이 아니었기 때문이다. 지난 84년에 박남수 시인이 일시 귀국하였을 때 책방에서 이를 보고 언짢아했다는 소식을 듣고 더욱 그러했다.

또한 확실한 날짜는 기억에 없지만 박시인은 90년대 초에 일시 귀국한 적이 있다. 부친이 위독하여 온 듯하다. 서울에서도 부친과는 거처를 달리하고 있어서 이민을 함께 한 것은 아니었다. 김종해 시인의 출판사 '문학세계사'에서 실로 15년 만에 상봉할 수 있었다.

이 무렵 작곡가 변훈씨가 신곡을 공연한다고 나를 통해 박남수 시인을 초빙했다. 이 공연에서 박남수의 「오랜 기도」도 작곡되어 발표되기 때문이었다. 진작 변훈씨는 나의 시 「쥐」도 작곡하여 널리 퍼뜨린 분이라 서슴없이 이 뜻을 전하자 반응이 신통치 않았다. 귀국한 사실을 더 알리고 싶지 않을 뿐더러 여러 사람 앞에 박시인의 모습을 드러내고 싶지 않았던 모양이다.

마지막으로 그동안 100통에 가까운 편지를 받아왔지만 나와 미국에서의 만남이 이루어질 뻔했다가 무산된 사연을 공개하련다.

(전략) 명년 봄쯤 제 시낭독회가 워싱턴 D.C에서 열릴 것 같습니다. 한미재단에서 주최하고 장소는 미국국회도서관 '계관시인의 방'이라는 데서 열릴 예정입니다. 이 일을 위하여 최연홍 시인이 뛰고 있습니다. 최연홍 시인은 60대초에 《현대문학》에 추천된 분입니다. 현재는 그의 전공인 사회학을 가르치는 박사입니다. 그런데 낭독회에 한국에서 몇몇 시인을 초청할 수 있다고 합니다. 그리되면 형께서 워싱턴에 오실 수 있겠고 또 뉴욕 구경도 할 수 있을 듯합니다. 이 문제는 5월말이나 6월초에 최시인이 한국에서 일년쯤 체류차 가게 되므로 그때 그분이 더 자세한 것을 전할 수 있으리라 믿습니다. 형께서 만일 그것이 실현될 경우 오실

수 있을지의 여부를 알려주십시오. (후략)

1993. 3. 31 박남수

(전략) 미안한 말씀을 드려야 하겠어요. 다름이 아니라 국회도서관에서 제 시낭독회를 가지려던 것을 그만두기로 했습니다. 그 말이 있은 지 10개월이 되었는데 이제 와서 나의 단독 시낭독회가 아니라 최연홍과 둘의 낭독회라고 하여 뭔가 한 대 먹은 것 같은 기분입니다. 또 앞으로 8개월쯤 남은 동안에 무슨 변경이 있을지도 모르겠고 하여 아예 그만두겠다고 선언을 했습니다. 시 낭독을 그만두어도 아무런 미련도 없습니다. 다만 형 등 몇 분을 초청하려던 계획이 무산되어 아쉬울 뿐입니다. 다음 기회를 모색해 보겠습니다. (후략)

1993. 9. 15 박남수

탈(脫)포에지에의 안간힘

—이형기 시(詩)의 이변(異變)

행도수궁처 (行到水窮處)
좌간운기시 (坐看雲起時)
우연치림수 (偶然值林叟)
담소무환기 (談笑無還期)

당(唐)나라 자연시인 왕유(王維)의 시이다.

물줄기를 따라 점차 올라가다가 마침내 수원(水源)에 이르러 보니 물줄기는 예서 끝나있다. 이곳에 주저앉아 있으려니 저편 골짜기에서 뭉게구름이 피어오른다. 그것을 물끄러미 바라보다가 우연히 나무꾼 할아버지와 만나서 이야기를 하게 되었다. 그는 내가 관리인줄 모르고 나도 자신이 관리인 것을 잊어버렸다. 유쾌한 이야기는 끊일 줄을 모른다. 돌아갈 시간 따위는 서로의 염두에도 없다.

이 시를 읽고 있으면 한없이 솟아나는 정의 교분을 느낄 수 있다. 직접 시구로 표출되어 있진 않지만 배후의 암시로 짐작이 가는 "그는 내가 관리인줄 모르고 나도 자신이 관리인 것을 잊어버리고" 담소무환기(談笑無還期)라, 가히 부러운 경지가 아닐 수 없다. 이것은 대자연(大自

然)의 신비스러운 이치와 아름다움이 세속적인 것을 가셔주는 데서 오는 것인지도 모른다.

산림간수(山林看守)와 초부(樵夫)－단속하는 자와 단속받는 자와의 이런 인간적인 일체감은 현실에서는 도저히 찾아 볼 수 없는 일일 것이다. 다만 대자연의 품에 안겨들었을 때만 가능한 것이 아닐까.

* * *

우리는 대개 세속적인 일에서 사람을 만난다. 거래사(去來事)가 아니면 인사차 만나는 것이 고작이다. 이런 만남은 이해가 부합되면 결합하고 상반되면 민감하게 이탈하는 것이 상례처럼 되어 있다. 행도수궁처(行到水窮處)에서 마주치거나 좌간운기시(坐看雲起時)에 만나지 않았기 때문일 것이다.

내가 아는 시인 이형기(李炯基) 형은 그가 세속적인 감투싸움에 염증을 느꼈을 때 만난 사람이다. (그는 이런 일에 곧잘 말려든 적이 있었다. 지금은 그런 일에 초연해 있는 것으로 알고 있다.)

73년 봄이라고 기억된다. 문협(文協)의 감투싸움이 치열하다 못해 추잡(?)하게 돌아가던 그 무렵, 이형한테서 전화가 걸려왔다. 만나자는 것이었다. 득표공작차 양측 사람이 다녀간 후이긴 하지만 그런 일로 만나자고 할 사람 같지는 않았다. 그는 나를 보자 덥석 손을 잡으며 "김형이 부럽소!" 한다. 영문을 알 수 없는 이 첫마디에 나는 당황했다. 그도 나처럼 성급한 편이어서 심정을 직설적으로 드러내 보이는 편이다. 요컨대 감투싸움에 말려들지 않았던 너, 그런 일에 전혀 관여하지 않는 너를 부러워한다는 뜻으로 풀이되었다. 이날 이후 우리의 우의는

술친구나 포커 친구로서가 아니라 우리나라의 현대시와 이웃나라 일본의 현대시를 겨냥해 보는 기탄없는 사이에서 두터워졌다.

이듬해(1974) 그는 부산(釜山)에 있는 본사 편집국장으로 영전(榮轉)하는 바람에 헤어지게 되었다. 이어 작년(1975)에는 내가 대구(大邱)에 있는 지점(支店)으로 좌천(左遷)되는 바람에 그와의 거리는 얼마간 단축되었다. 지난 4월 어느 화창한 주말에 나는 부산에 내려갔다. 시집 『꿈꾸는 한발』 작자(이형기)와 해설자(허만하)를 만나 이야기가 하고 싶어서. 그날 허형은 예정했던 경주(慶州)행을 포기하고 이형과 해운대로 나와 주었다. 그들과는 일 년 만의 만남이다. 지난해 봄에 잠시 출장 갔을 때 '태종대'로 해서 남포동 술집을 전전한 일이 있었다. 우리는 해운대에서 동해로 접어드는 '송죽'을 거쳐 '월래'의 한적한 바닷가를 거닐면서 담소무환기(談笑無還期)의 경지를 누리고 있었다.

계절은 봄·여름·가을·겨울로 옮아간다. 이것이 자연의 법칙이요 섭리란다. 그런데 만약 계절이 가을에서 여름으로 되돌아 왔다면 참으로 깜짝 놀랄 이변이 아닐 수 없다. 아직껏 이런 일은 일어나지 않았다. 하지만 한 시인의 에스프리에는 이런 이변이 충분히 가능하다. 이것을 실지로 나타내 보인 시인이 이형기이다. 그는 가을의 이미지에서 여름의 이미지로 탈바꿈 한 장본인이다.

그의 시단(詩壇) 활보는 50년에 비롯된다. 약관(若冠) 17세에 《문예》지의 추천을 거치고 있었다. 지금 생각하면 그의 조숙(早熟)은 순전히 소년적인 것이었다. 감상과 조락(凋落)을 곁들인 가을의 이미지가 그것이다. 너무 일찍 고적(孤寂)을 지닌 듯 하다. 이것이 후에 시집 『寂寞江山』으로 묶어져 나왔지만 데뷔 13년 만에 첫 시집을 꾸미는 느림새는 어디서 오는 것일까. 그에게도 이런 느슨한 데가 있었던가 싶을 정도

이다. 시작(詩作)에 곁들어 평필(評筆)을 든 데도 그 원인은 있겠지만 소
년적인 조숙을 탈피(脫皮)하느라 미죽거린 것이 아닌가도 생각된다. 그
증상은 『寂寞江山』을 엮을 무렵 나타났다.

　내가 63년에 리틀 매거진 ≪母音≫을 내고 있을 때 첫 호에 그의
작품을 받은 일이 있다. 「徒勞의 곰국」이 그것이다.

　　국거리를 찾아서 진종일 市場바닥을 헤매었다. 그러기를 며칠째, 日暮
　에 그가 안고 돌아온 것은 빈 광우리에 한아름 장작깨비처럼 쌓인 疲勞
　그것이었다. 언제나.

　　푸줏간에는 山積한 고기들, 사람들은 즐겁게 또한 손쉽게 甲은 등심 乙
　은 선지 丙은 내장을 골라잡았다. 그 뒤를 우쭐우쭐 따라가서 막상 손을
　내밀면 갑자기 푸줏간은 온데 간데 없고 다만 한때 流行했던 衣服과 신
　발짝들이 남루의 거리에 흐터져 있었다.
　　때는 바야흐로 落葉지는 가을이었다.

　　이 적막한 回想의 季節에 그는 日落西山의 무거운 발거름을 옮겼다. 캬
　들캬들 웃음을 쏟으며 한 女人이 풍만한 肉體를 寢台에 뉘었건만 그는
　무심코 기리에 흐터신 누더기를 밟고 갔을 뿐이다. 市場바닥의 騷音이
　전등처럼 켜졌다 꺼졌다 했다.

　　그날밤. 드디어 그는 주먹을 쥐고 決斷을 내렸다. 밤에 칼을 갈았다. 국
　거리 대신 여태까지의 疲勞를 끓여보자는 心算이었다. 가마솥에 물을 가
　득 붓고 뼈다귀처럼 앙상한 疲勞 그것을 토막토막 잘라서 모조리 집어
　놓고 그는 晝夜로 불을 지폈다.

　　奇蹟은 반드시 있다! 어느 날 아침 구수한 냄새에 이끌려 솥뚜껑을 열
　었을 때 그는 거기에서 奇蹟을 본 것이다. 기름이 둥둥 뜨는 뿌연 국물
　은 奇蹟보다도 더 눈물겨웠다.

우선 한 모금 맛을 본 그는 欣然히 웃으며 이번에는 통째로 가마솥을 들어 마시려다가 그럴 수가 없어 제 自身이 가마솥 안으로 들어앉았다. 그리하여 그는 徒勞의 곰국에 마침내 溺死한 것이다.

그가 殞命할 때 부엌에 자욱히 서렸던 김은 어느덧 五色무지개로 변하였다. 멀리 하늘에 뻗힌 이 찬란한 층층대를 밟고 아무도 몰래 昇天한 사나이.
꿈에 가끔 그를 만난다.

도무지 서정적이 아닌 거센 표현이다. 산문조로 드라이하게 쓰어 있다. 종전에 없었던 새로운 수법이다. '도무지 이형기답지 않은 시'라고 할만 했다. 애당초 정서적 이미지에서 출발하지 않은 나까지 당혹하게 만들 지경의 것이었으니, 시단인들 그에게 사시의 눈초리를 보냈을 것이 분명하다. 하지만 나는 그의 뜻밖의 전신을 은근히 주목하게 되었다.

그는 이번에 시집 『꿈꾸는 魍魎』의 자서에서 이렇게 실토하고 있다.

첫 번째 『寂寞江山』은 누구나 흔히 그릴 수 있는 20대의 자연 발생적 서정이 그 내용을 이루고 있다. 두 번째의 「돌베개의 詩」는 거기에 회의를 품고 새로운 시를 찾아 나선 내가 방황 중에 쓴 산만하고 타성적인 메모를 묶은 것이다. 세 번째의 이 「꿈꾸는 魍魎」은 말하자면 그러한 방황 끝에 나로서는 이것이다 하고 찾아낸 새로운 시의 지평(地平)이라 할 수 있다

솔직히 말해서 이 시집 속에 수록되어 있는 작품들을 산발적으로 대했을 때는 그의 실험이 파괴적으로 시도하고 있는 것을 쉬 알 수 있었으나 확실한 것이 보이지는 않았다. 그런데 막상 시집으로 묶어져

나오니 이것이구나 싶은 것이 잡혀들었다. 한마디로 말해서 그는 잘 다듬어진 시적인 시가 아닌 탈(脫)포에지의 시, 다시 말하면 거칠게 밀어붙인 비시적(非詩的)인 시를 지향하고 있었던 것이다.

＊　　＊　　＊

'카멜레온'이란 동물이 있다. 자신의 몸 빛깔을 민감하게 주변의 색깔에 동화시키는 변덕스러운 짐승이다. 나무에 닿으면 나무 색깔로 변하고 잎에 붙으면 초록빛으로 변한다. 이처럼 시 표현에 있어서도 언어의 기능은 카멜레온성을 지녀야 한다고 생각한 적이 있다. 지금도 이 생각에는 변함이 없지만.

최근 언어 기능에 대해 '카멜레온'보다 더 적절한 그리고 심화된 비유물이 등장했다. 그것은 '다꼬브네'라고 불리 우는 생물체이다. 멕시코 만유(灣流)에 떠돌고 있는 것으로 알려진 이 '다꼬브네'는 보기에 따라서는 단세포로도 볼 수 있고 세포들의 큰 집합체로도 볼 수 있는데 이 '다꼬브네'의 기묘한 점은 낱낱의 세포가 소화기판까시 갖춘 그 자체로 완전무결한 생물체라는 것이다.

그런데 이러한 수천 개의 세포가 한 번 합쳐지면 세포는 본질적인 변화를 일으켜 동물의 한 부분이 되어 버린다. 가령 몇 개의 세포는 소화기관의 역할을 담당하고 또 다른 세포들은 식도로 변하는 등······ 이리하여 마침내 커다란 한 마리의 생물체가 형성되면 그 생물체를 구성하고 있는 낱낱의 세포는 흔적도 없이 사라져 버린다. 그 자체로 완전무결한 동물이 된 단세포는 오간 데가 없어진다는 것이다.

시 표현에 있어서도 관념(觀念)이라든가 관념을 표현하는 데 사용되는 언어는 이 '다꼬브네'와 같은 것이어야 한다고 생각한다. 즉 관념이나 이를 표현하는데 사용되는 언어는 그 자체로 하나의 독립된 것으로 존재하지만 동시에 그것이 여러 문맥 속에 놓이게 되면 그때그때 그 자체보다도 큰 전체를 형성한다든가 변질(變質)시키는 힘을 가지게 되는 것이다.

<blockquote>

삽 한자루
자갈밭 한뙈기.

땅은 갈기 위해 있는 것이 아니고
묻기 위해

꿈을 파내 그 정수를 찍어버린
犯行의 알리바이

불을 지르고는 저도 함께 타 죽는
그 完全犯罪를 위해

아물어선 안될 상처의 永久保存
소금절임을 위해

오 이 삽 한자루의 敵愾心
乘直의 幻想

마침내는 한뙈기 자갈밭이 남는
그 이미지를 위해 땅은 있다.

</blockquote>

시집 『꿈꾸는 투괴(蚪魁)』 속에 수록된 「자갈밭」이다. 여기에서는 관념을 표현하는 데 사용되고 있는 언어가 시의 형성이나 변질에 크게 기여하

고 있는 것을 볼 수 있다. 다시 말하면 복수나 증오 또는 적개심 같은 관념을 표현하는 언어들이 그 자체로 독립된 것으로 존재하고 있지만 여러 문맥 속에 놓이게 됨으로서 그 자체보다도 큰 전체, 즉 시를 이룩하는데 있어서 부정의 미학으로 동화되고 있는 것을 보게 된다.

근래의 이형기의 시에는 충격과 새로운 발견이 있다. 우리의 시가 별로 가져보기 못했던 건조하고 활력적인 것, 그리고 다이내믹한 면이 드러나 있다. 이형기의 시적변모(詩的變貌)는 가을에서 여름으로 역행시킨 만큼의 이변이 아닐 수 없다.

다무라류이치(田村隆一)의 「시(詩)를 쓰는 사람은」

―술도깨비가 가다니

詩를 쓰는 사람은

詩를 쓰는 사람은
늘 허공에 떠 있다

대체 어디에 그런 *浮力*이 있는 걸까?
아무도 모른다

詩를 쓰는 사람은
피아노를 치는 사람을 좀 닮았다
그의 머리가 건반을 선택하기 전에
벌써 손이 움직이고 있다

손이 그를 인도한다
손은 소리로부터 도망치려고 하면서
그를 끌고 간다 어디론가

대체 어디일까 詩를 쓰는 사람의 모습을 보고 싶으면
자네는 온 세계의 가장 높은 것에서 뛰어내려라

거꾸로
떨어지는 물구나무 선 눈에
어둠 속에서 허공에 떠 있는 詩를 쓰는 사람의 모습이
혹시나 보일는지 모른다

넉달 나흘을 못참아
훌쩍 떠나가버린
개미
세시간 반을 대작하고도
끄덕없던 술도깨비가
종적을 감춰버리다니
가마쿠라(鎌倉)의 고주망태가 사라져
가뜩이나 재미없는 세상
더 따분하고 견디기 어렵게 됐군

마흔네살의 애송이가
일흔 안팎의 흙·물·불의 시인들*을 상대로
좌담 사회를 보다가
누군가 불쑥
「니오니소스란 이스트菌」이라는 말에
번쩍 귀가 트였는지
그만 유쾌해졌다는

다무라(田村)님

외톨박이 ≪아레치 荒地≫에서
끝내 못버틴 1999를
이제부턴 염라대왕의 발바닥이라도 긁어대는 개미떼
마냥 19999…를
누리시길

*흙(西脇順三郎), 물(金子光時), 불(吉田一穗)

위의 글은 1998년 8월 다무라 류이치의 죽음을 애도하여 쓴 시로「술도깨비가 가다니」이다. 해외 시인에 대해 조시를 쓴 것은 이것이 처음이 아닌가 싶다. 이 시 속에 개미가 등장하는 것은 다무라의 시작(詩作) 속에 '1999'가 있어 이 숫자를 개미에다 비유·형상화하면서 1999년까지 살아남아 '1999'라는 시집까지 내고 싶어 했는데 한 해 전에 그만 좌절해버린 것이다. 이를 애도, 위로하는 뜻에서 염라대왕의 발바닥이라도 갉아 저승에서 19999를 누리기 바랐던 것이다.

그는 나보다 6세 연상이었지만 내 나이(75세)때 숨을 거두었다. 그는 운명 직전 술을 한 잔 들이키며 "죽음이여 교만을 떨지 말라"는 유언을 남겼다.

내가 다무라의 작품을 처음 대한 것은『荒地詩集』(1952)에서이다. 그의 작품「立棺」을 만나 주목하기 시작했는데 이 작품은 그의 나이 29세 때의 초기작에 속하는 것으로 첫 시집「四千의 날과 밤」속에 수록되어 있다. 공포와 전율의 충격적인 비전을 제시하고 있는 그의 대표작 중 하나이다.

진작 이 땅에서 발간된『세계시인선』속에 이 타이틀의 시집도 끼어 있다. 1993년 11월의 어느 날 시인 시라이시 가즈코의 안내를 받아 그의 자택을 방문, 세 시간 남짓 술을 마시며 이야기꽃을 피운 바 있다. 이때 노아의 홍수는 40일이지만 그의 정신적 홍수는 四千(사천)일이나 계속되었음을 알았다. 이것은 전후 11년의 세월을 뜻한다.

이쯤에서 나는 다무라 시에 유달리 공감대를 형성하게 된 까닭을 생각해본다. 우선 그와 나는 같은 전후파(戰後派)라는 점. 그는 제2차 세계대전에, 나는 한국전쟁에 참전했다. 그는 좌절과 패배의식을 안고,

나는 동족상잔이라는 오욕의 만신창이가 되어 돌아왔다. 그와 나는 로
컬(Local)적인 것보다 인터내셔널(International)하고 코스믹(Cosmic)한 데
집착해 있었다. 그에게 내한(來韓)을 권유했더니 이데올로기가 싫어 가
고 싶지 않다고 했다. 나도 정치적이란 말만 들어도 역겨워진다. 아무
튼 다무라는 전후의 세계 시단에 유괴당한 환상여행자로서 패전국 일
본에서 돌아난 독버섯의 아름다움을 지닌 시인이라 아니할 수 없다.

구상 시인과 이중섭 화백

焦土가 된 수도원의 넓은 마당이다
부서진 파이프 올갠의 음계를
밟아 내리는
겨울 까마귀
약초를 캐러
흩어진 使徒들로부터는
한 치의 복음도 전해 오지 않는다
이중섭이 잠시 이곳을 다녀간 후
무너진 鐘樓에서 내려오는 길이라 했다
폐 한 쪽으로 산다는
다시 황야에 나서겠다는
맨발의 그는……

　이것은 1970년대에 쓴 『詩로 쓴 詩人論』의 「구상」이라는 작품이다. 지금까지 나는 이 땅의 시인을 대상으로 본격적인 평문(評文)을 쓴 바 없지만 그 대신 시로써 시인론을 쓴 것은 적지 않다. 시인 메모와 추모시까지 합치면 한 권의 시집이 될 만한 분량이다.

　앞서 든 시 「구상」 속의 초토가 된 수도원은 그의 고향에 있는 '덕원 수도원'을 말한다. 해방 직후 이중섭 화백과 그곳에 가본 일이 있어 기억이 생생하지만 그 후 공산 치하에서의 황폐상을 배경으로 구상의 시세계를 다뤄 보려 했다.

내가 처음 구상 시인의 모습을 대한 것은 해방되던 해의 일이다. 원상상업학교 교정에서 그 고장 유지들이 해방을 축하하는 모임을 가졌을 때 연단 주변에 있는 키가 훤칠하고 인자한 모습의 그를 먼 발치에서 대하게 되었다.

공산당 계열의 인사들이 기세를 올리고 있을 때 그는 묵묵히 서있기만 했다. 민족의 해방을 축하하는 자리가 이데올로기로 들떠 있었기 때문이다. 일본 유학 시절부터 구상 시인을 형처럼 따르던 H라는 시지망선배가 구상 시인과 이중섭 화백을 나에게 귀띔해 준 바 있어 주목했던 것이다. H씨와의 인연은 내가 개성의 송도중학을 다닐 때 그의 아우가 나와 같은 학교에 한 학년 늦게 들어와 하숙집도 같은 데를 얻게 되면서 맺어졌다.

시인 구상의 이름을 익히게 된 것은 향토 시인들의 앤솔러지 ≪凝香≫이 나온 데서 비롯된다. 집필자 대다수가 해방 기념행사에 참석한 사람들이었다. 이중섭 화백의 그림도 이 책의 표지화에서 처음 대할 수 있었다. 문제는 이 앤솔러지가 발간되기가 무섭게 벼락이 떨어진 데 있다. 몰수 소각 사태가 벌어진 것이다. 나는 판매금지 처분 전에 재빨리 입수했다. 눈여겨보니 구상 시인의 작품은 중학생인 내게 선뜻와 닿지 않았지만 하나의 충격과 경악으로 받아들여졌다.

이 사화집을 가장 악랄하고 혹독하게 사형집행문을 다루다시피 한 평자는 백인준(白仁俊)이었다. 그는 <로동신문>에 두 차례에 걸쳐 "문학예술은 당과 인민에게 복무해야 한다"며 회의적·공상적·퇴폐적·

도피적·절망적·반동적이라는 여섯 가지 죄목(?)을 달아 단죄했던 것이다.

하루는 영화관 '원산관'에서 이 사화집에 대한 성토대회가 열렸다. 중앙(평양) 문예총에서 최명익·송영·김사량·김이석 등이 검열관으로 내려왔다. 중학생인 나도 관람석에 끼어 있었다. 도중에 잠깐 휴식 시간이 있고 나서 다시 회의가 시작됐는데 구상의 모습이 안 보였다. 후에 안 일이지만 화장실에 다녀온다며 줄행랑을 친 것이다. 그 길로 38선을 넘으려다 연천에서 월남자로 지목되어 보안서원에게 붙들렸다. 나중에 본인한테 직접 들은 이야기지만 여기서도 화장실에 다녀온다며 똥통을 통해 기어 나와 뺑소니를 쳤다는 것이다. 만약 이때 그가 두 차례의 탈출에 성공하지 못했다면 오늘의 구상은 존재하지 않았을지 모른다. 내가 월남하기 한 해 전 1947년의 일이다.

구상 시인이 탈북하자 제일 기가 꺾인 사람은 이중섭 화백이었다. 표지화 '장난치는 아이들'도 불타 없어지고 친구도 사라져 의기소침해 있을 때 H씨가 중학생인 나를 끌고 그의 집을 찾아들었다. 일본 부인 방자(方子) 여사를 처음 대했다. 자주 놀러가 프랑스 번역 시집도 꺼내보고 미당(未堂)의 첫 시집 『花蛇集』과 오장환(吳章煥)의 『나 사는 곳』 삽화 얘기도 그한테 들었다. 그는 외로우면 해변가에 나가 바위틈에 기어 다니는 게를 지켜보다가 머리 위에서 끼꺼덕대는 갈매기의 동작에 심취해 있었다. 이때 그는 리얼리티에 접근하려 한 듯하다. 당시 이중섭 화백이 가장 매력을 느낀 것은 바람에 휘날리는 여인네 치마폭이었다. 두 여인이 생선 광주리를 이고 치마폭을 날리며 걷는 그림 한 폭을 내게 준 일이 있는데, 이것이 지금도 고향에 간직돼 있다면……. 아아, 내가 월남을 한다는 소식을 전하자 그는 냉큼 편지 두 통을 써

주었다. 못 견딜 지경일 때 찾아가 보라고 김환기·최재덕 두 화백한 테 보내는 메모였다. 이것을 연천역에서 보안서원에게 쫓겨 도망치다 보따리와 함께 잃어버리고 말았지만……

서울에서 구상 시인을 직접 대하게 된 동기는 중학 동창인 S군이 그가 속해 있는 안양의 '청포도' 동인을 만나게 한 데서 비롯한다. 하룻 밤을 동인 집에서 묵다가 새벽에 쓴 습작시「문풍지」를 그들에게 보였 더니 나를 데리고 안양제지공장에 근무하는 박두진 시인의 사택으로 갔다. 박두진 시인은 내 시를 보자 "우리 시단도 10년 후면 많이 달라 지겠는걸" 하며 "구상한테 갖다 주라"는 것이었다.

이튿날 <연합신문> 문화부장인 구상 시인을 찾아갔다. 이중섭 화백 과 H씨 얘기를 꺼내자 두말 않고 구내식당으로 나를 끌고 갔다. 우동 두 그릇을 시켜 주며 먹으란다. 탈북자의 사정을 이렇게 꿰뚫어볼 줄 이야. 편집실로 돌아와 고향 얘기를 좀 하다가 습작시를 꺼내 보였다. "좀 관념적이긴 하지만 두고 가라"고 했다. 며칠 후 민중문화란에 최 계락의「고가촌상」과 함께 게재되었다. 생전 처음 내 글이 활자화된 걸 보는 순간 배고픔도 외로움도 아랑곳없이 생기가 놀아났다. 구상 시인과의 교접은 이렇게 이루어졌다.

어느 날 민중문화란 투고자 모임이 있다고 해서 나가 봤더니 내가 제일 연소자인데 정운삼·이종산의 모습도 보였다. 이 자리에 평론가 임긍재 씨도 배석해 있었다. 인연이란 묘한 것이어서 후일 그가 자기 여동생을 나의 아내로 안길 줄이야. 전후 몇 해가 지나서의 일이지만, 구상 시인을 만나게 된 데서 비롯된 일임을 어쩌랴! 일선 소대장으로 백마고지 저격 능선의 격전을 치르고 난 어느 날, 30연대장 박남표 대 령 숙소에서 종군작가단 구상 부단장이 와 계시다는 전갈이 왔다. 29

연대 일개 중위 신분으로 지프차를 얻어 타고 갔다. 시를 좋아하는 문중섭(文重燮) 대령의 배려였다. 박 대령 숙소 앞에서 당시 찍은 사진을 지금도 귀하게 간직하고 있지만, 이것이 구상 시인과의 두 번째 만남이었다.

그 후 병과를 정훈으로 옮겨 육군본부가 대구로 이동하자 그곳에 내려가 <대구매일신문>의 주필인 구상 시인을 이따금 만날 수 있었다. 당시 1·4후퇴 때 월남해 온 이중섭 화백이 작가 최태응씨와 함께 대구역 앞 여인숙에 머물러 있었다. 구상 시인의 배려로 그리된 것 같다. 미도파백화점에서 이 화백의 그림 전시는 꽤 성황을 이루었지만 대구에서의 전시는 한풀 꺾인 듯했다. 그도 그럴 것이 그림을 사겠다고 가지고 가서 대체로 감감무소식이었기 때문이다. 의욕을 북돋워 주기 위해 대구 전시를 강요한 듯 하지만 이중섭 화백은 이미 의욕을 상실했는지 그림 제목 표시도 안 해 내가 성냥개비에 먹을 묻혀 야릇한 글씨로 써 붙이곤 했다.

이런 사정을 지켜보다 못해 구상 시인이 일본에 있는 부인한테 가라며 이중섭 화백을 밀항선에 태워 보냈다. 천만다행한 일이었지만 이중섭은 열흘도 안 되어 되돌아왔다. 들리는 말에 의하면 한·일 관계가 풀리지 않아 오가기가 어려운데 "어떻게 왔느냐?"고 처가에서 묻는 걸 "어째서 왔느냐"로 잘못 알아듣고 괄시받는 것 같아 쉬 돌아섰다는 것이다. 지금은 제주도 서귀포에 이중섭 전시관이 자랑스럽게 당당히 솟아 있지만 당시는 그곳에서 다 쓰러져 가는 조그만 초가집에 머물며 지냈다. 통영을 거쳐 다시 서울로 올라와 신촌에 있는 먼 친척집에서 투병 생활을 할 때였던 것 같다. 이화여대 앞에서 우연히 이중섭 화백의 조카 이영진을 만나 병문안 가는 그를 따라갔다. 산소호흡기도 꽂지 않은 채 눈동자는 힘을 잃고 물끄러미 바라보는 눈치였다. 몇 마디 말을 건네다 돌아왔지만 그로부터 얼마 안 돼 적십자병원에서 숨을 거둔 모양이다. 임종 때는 아무도 곁에 없었던 듯하다. 구상 시인이 전방에서 돌아와 달려가 보니 사흘 동안 시신이 방치되어 있었다고 한다. 김광균 시인과 둘이서 사태를 수습한 모양이다. 이중섭 화백의 나이 40세 때의 일이다.

그보다 세 살 아래인 구상 시인은 본시 허약한 체질이면서도 용케 버티고 있었다. 젊은 시절 폐 한쪽을 잃고 말년에 당뇨병에 시달리면서도 활동의 중심인물 역할을 다했다. 그가 중앙대학교 문예창작학과에 출강하던 시절 하와이대학교에서 초빙하자 그 자리를 나에게 맡기고 간 일도 있었지만, 내가 이분을 위해 한 것은 별로 없다. 아시아시인대회나 국제시인대회 때 보좌역을 한 것밖에는. 하지만 이분과 함께 일본의 기타가미(北上) 시가문학관(詩歌文學館)에서 최초로 베푼 '포름 세계시인 시리즈'에 한국 대표로 초청되어 두 시간 남짓 좌담을 한 것은 큰 수확이 아닐 수 없었다. 게다가 여비·강연료·체재비 일체를 그들이 부담하고 좌담 내용까지 책자로 묶어 발간하기까지 했다.

지난 55년간 구상 시인과 나는 선·후배간의 관계보다 형제지간의 우의로 더 돈독했던 것 같다. 다만 단 한 번의 갈등과 그분의 청을 몇 번 사양한 것이 기억에서 떠나지 않는다. 구상 시인이 문화훈장 심사를 했을 때 순위가 뒤바뀐 것을 항의했다가 "다시는 내 앞에 나타나지 마" 하던 말까지 들은 일이 있다. 그날 이후 한동안 모습을 드러내지 않았지만 미국에서 교통사고로 척추를 다쳤다는 소문을 듣고 비로소 나는 다시 얼굴을 드러냈다. 가톨릭에 귀의하라는 권유도 몇 번 받았지만 응하지 못했다. K당의 당가(黨歌) 작성도 사양한 일이 있지만. 그리고 이 분의 마지막 소망인 일역판 시집 출간을 이루어 주지 못한 아쉬움이 남아 있다. 북에 두고 온 이중섭의 그림만큼이나 아쉽게 생각한다. 이중섭 화백(1916~1956)은 나보다 13세나 위였고 구상 시인(1919~2004)은 10년 연상이었지만 지금의 나(1929~　)는 이중섭 화백보다 두 배 가까이 더 살아왔고 구상 시인의 세수를 따르려면 6년은 더 버티어야 하겠다는 생각에 사로잡혀 있다.

> 「저승의 문턱에서」라는
> 마지막 시를 남긴 채
> 한강변에서 훌쩍
> 자취를 감춰 버린 시인이시여
>
> (중환자실에서 오래도록
> 자기를 돌보는 이들을
> 더 이상 괴롭히지 않기 위해
> 스스로 산소호흡기를 제거했다며……)
>
> 具常이란 성함 그대로
> 늘 갖추고 있던 따스한 인간성과
> 그윽한 인생 철학을
> 無常으로 마감해 버렸으니
> 내 가슴 한 귀퉁이가 무너지는 듯하이
>
> 오늘도 강물은 말없이 흐르건만
> 그대가 다하지 못한 정념일랑
> 물살이 굽이쳐 흐르며 휘젓고 있음을
> 오호라 이제사 깨달음이여

구상 시인이 별세하기 보름 전 병문안을 겸해 내가 일역한 「이승의

문턱에서」를 가지고 가서 교열을 부탁했더니 "자네가 잘하니까"라는
마디만 힘들여 말했다. 이것이 구상 시인과의 마지막 대면이자 대화가
될 줄이야.

일본의 반한인(半韓人) 가다

─시인 사이토 마모루(齋藤 志)를 추모하며

지난 6월 28일 일본의 시인 아시자와(相澤史郎)씨한테서 전화가 걸려왔다. 평소 친숙한 우의를 나눠오던 사이라 냉큼 받았더니 "어제 사이토(齋藤 志)씨가 서거했다"는 소식이었다.

냉큼 달려가고 싶었으나 국외의 일이라 그럴 수도 없어 어안이 벙벙했다. 올 가을에 상가를 찾기로 하고 전화를 끊었다.

평소 나는 사이토씨를 반한인(半韓人)이라 부르던 사이여서 친숙도가 이만저만이 아니었다. 그도 이 호칭을 냉큼 받아들인 듯하다.

1924년 5월 15일 서울에서 태어난 그는 용산소학교, 용산중학을 거쳐 경성제국대학 예과를 다녔다. 전후 일본에 돌아가 사가(佐賀)고등학교에서 문학을 전공했다.

한국에 있을 때 그는 조선총독부 철도기사로 있는 부친의 근무지인 청진에도 머무른 적이 있다. 후일 내가 엮은 역시집 『청진의 아이들도 벌써 늙었겠지요』는 그때의 추억으로 붙여진 제목이기도 하다.

그는 전쟁 말기 차출되어 김포공항 건설에 동원되기도 했는데 흥남 질소공장 동원에서 패전을 맞게 된다. 이해 12월 귀국하여 아시아 시인회의 때 실로 41년 만에 홀연 그의 모습을 서울에 드러냈던 것이다.

사이토씨는 21세까지 서울에서 살았다. 한반도 몇 군데 지방에도 가보았지만 용산에서 학교를 다녔으니 예전의 한강을 우리보다 더 잘 알고 있었다. 그는 한강을 젖줄삼아 자랐음이 분명하다.

> 뗏목이 천천히 흐르고 있었다
> 강가에 빨래방망이 소리가 터지고 있었다
> 나는 혼자 돌을 던지고
> 조약돌을 힘껏 차례로 물을 잘랐다
>
> 뜻밖에 비명이 일고
> 모랫벌에 발이 빠지면서 여자가 달려왔다
> 외치는 소리가 들리고
> 피묻은 손이 내밀어졌다
>
> 나는 이 나라의 말을 알지 못했다
> 빨래방망이를 내던지고
> 여기 저기서 여자들이 일어섰다
> 나는 사과해야 한다고 알고 있으면서도
> 나는 하지 않았다

사이토씨의 대표작의 하나로 꼽히는 「한강」이다. 잔잔히 흐르는 수면을 보면 파문을 일으키고 싶어 돌을 던진다. 또는 조약돌로 몇 차례 물을 가를 수 있는지 시합을 한다. 소년시절에 누구나 했던 경험이다. 그는 한강 벌에서 이 장난을 했다. 당시는 한강에 뗏목이 흐르고 강가에서 아낙네들이 빨래하던 시절이었던 모양이다.

어느 날 그가 장난삼아 무심코 던진 돌이 뜻밖에도 빨래하는 여인의 손에 맞았다. 비명소리를 지르며 피 묻은 손을 내밀고 달려오는 여인, 빨래방망이를 내던지고 일어서는 여인들의 모습에서 우리는 단순한 항의를 넘어서서 짙은 항일감정을 보게 된다.

그는 분명 자신의 잘못을 알고 있으면서도 사과하지 않았던 비양심적인 처사를 통해서 일본제국주의가 한반도에서 저지른 과오를 침략행위 그 자체를 합리화시키기에 급급한 제국주의의 망령들에게 일침을 가하고 있는 것이다.

    (……)

    양지에 아이들이 모이면
    제기시합이 시작되었다
    뜰에서 광장에서 빈터 구석에서
    아이들의 제기를 헤아리는 소리가 들려왔다

    한국놀이라는 이유로
    조회 때 비장의 제기가 수거되었다
    이 나라로부터 말을 빼앗은 사람들은
    나에게서 어린이 놀이조차 빼앗아갔다

작품 「제기」의 마지막 두 연이다. 우리나라 민속놀이를 즐겨 시의 소재나 제재로 다루고 있는데 이 시의 경우 주제는 앞의 「한강」보다 더 노골적으로 반일본 군국주의를 표출하고 있다.

일본시인이 한국이나 한국인을 소재나 제재로 해서 동정의 눈짓을 보낸 작품은 더러 있어도 한반도에서 저지른 일본인의 과오를 이처럼 노골적으로 고발하거나 규탄하고 나선 경우는 극히 드물다.

그의 일본 군국주의 침략행위에 대한 속죄의식은 작품 「지도」에서 절정을 이룬다. "잘못이 두 나라를 결부"시켰다는 생각은 한일합방의 부당성을 지적한 것이 아닐 수 없다. 그리하여 어린 소년의 마음을 여지없이 찢어놓은 것은 두 장의 지도였다고 술회하고 있다.

> 방과후 청소를 끝낸 교실에서
> 나는 지도를 바라보고 있었다
> 저쪽이 일본 이쪽이 조선
> 흑판 지우개를 누군가 채찍으로 두들기고 있었다
>
> 벽 가득 두 장의 지도가
> 그날부터 내 가슴에 걸려 있었다
> 잘못이 두 나라를 결부시키고
> 내 마음을 찢어놓은 두 장의 지도가

사이토씨의 시작(詩作)에는 한국 고유의 민속놀이를 다룬 작품이 몇 편 있다. 이를테면 「그네」 「제기」 「널뛰기」 「자치기」 등이 그것이다. 우리가 너무 알아서 잊고 있는 것을 그의 에스프리가 포착하고 있다. 늘 비상한 관심과 호기심을 기울여온 결과의 소산이라 할 수 있다. 예리한 관찰과 그 나름의 독특한 표현이 주목된다.

한국의 현대시인들이 거의 눈길을 돌리지 않고 있는 우리의 전통적 풍속이나 사라져가는 민속놀이를 현대에 되살려준 작품이 있다는 건 다행한 일에 속한다. 그것도 한두 편이 아닌 족히 한권의 시집이 될 만큼 무더기로 남아 있는 사실에 나는 놀라움과 고마움을 금할 길 없다.

이와 같은 관점에서 근래 고인이 된 일본시인 사이토 마모루씨는 어쩌면 우리의 피와 정신이 뒤섞였음직도 한 너무도 한국적인 이방인이 아닐 수 없다.

이리하여 그를 반한인이라 호칭하게 되었지만 그도 이 호칭에 대해 "성장이라는 것은 이상한 것이어서 김광림은 나를 두고 '반한인'이라고 비평한 일이 있지만 그야말로 그대로이다"라고

이제 반한인(사이토 마모루)를 잃어버린 우리 한국…… 나는 이 애통함과 한스러움을 한강에서 푸는 수밖에 없게 되었다.

전근대·근대·현대의 시(詩)들

한밤중에
달이 혼자 울고 있었다
달은 수심 가득한 얼굴
병든 듯 이지러지고
빛 가시더니
앙상하게 야위어
죽어갔다.
산과 숲이 눈감고
弔喪을 했다.   (A)

귀를 대보면
누가 부른다
들어오라 들어오라
들여다보면
어둠뿐
나오라
나오라 소리치면
우우우우
낯모를 짐승이 되어 우는 항아리   (B)

A는 이원수(李元壽)의 「한밤중에」 일부이고 B는 정희성(鄭喜成)의 「항아리」 전반이다. 이 두 시인 사이의 세대적 거리는 불과 30년 안팎이지만 작시방법(作詩方法)에 있어서는 상당한 거리를 두고 있는 것 같다.

전자가 대상을 한갓 감정적으로 받아들이고 있는 데 반해 후자는 대상을 물질적으로 다루고 있다. 그러니까 감정은 전자에 있어서는 유로되고 후자에서는 억제된다.

작품 A는 달을 의인화(擬人化)하여 이를 감상적으로 처리하고 있지만 작품 B는 사물에 생명력을 부여하여 긴장감(緊張感)을 자아낸다. 즉 전자의 달은 한밤중에 홀로 우는 수심 가득한 얼굴이지만 후자의 항아리는 낯모를 짐승이 되어 우는 새로운 존재가 되고 있다.

작품 A는 이태백(李太白)이 "노는 달"에서 이원수가 "우는 달"로 바뀌었을 뿐, 이미지로 남는 것이 없다. 시나 산문 사이에 아슬아슬하게 놓여있다. 산문화된 시와 시화된 산문의 차이는 포에지가 있느냐 없느냐에서 가름된다고 생각할 때 이 시는 산문에 가깝다고 볼 수 있다. 다만 감상으로 도금된 산문일 뿐, 포에지가 없어 보인다.

이 시인의 슬픔은 인간이 달을 정복함으로써 지금까지의 인류가 보듬어온 꿈과 동경이 무너진 데서 오는 것 같다. 자연성의 상실을 애도하는 마음은 알 수 있으나 리얼리티가 희박하여 인식의 공감을 자아내지 못하고 있다.

이에 비해 작품 B는 "그리운 파도소리"를 듣는 장·콕토의 귀(소라껍질)처럼 정희성은 항아리 속의 공허와 어둠의 소리를 듣는 귀를 가졌다고 볼 수 있다. 그에게 있어서 대상은 감정적으로 처리되지 않고 객관적 상관물(相關物)로 제시된다. 그만큼 주관이 물질화되어 있다. 이때 비로소 관념적 물질로서의 이미지를 만나게 된다.

무릇 불가시(不可視)한 것을 가시적(可視的)인 것으로 나타내 보이는 것이 이미지임을 생각할 때 항아리에 대한 시인의 관념이 소리로 전화 (轉化)된 것을 알 수 있다.

이 작품은 한마디로 말해서 위트의 소산이다. 향성과 암시성으로 이룩되어있다. 후반에 더러 채 전화(轉化)되지 않은 관념의 노출(露出)이 엿보이긴 하지만 이 만큼 한 형상도 그리 쉬운 일은 아닐 것이다.

작품 A와 B를 통해 우리나라 시의 전근대성과 현대성을 단적으로 조감하게 된다.

　　　　갈대 옆에 외로이 서서
　　　　먼 雨露를 꿈꾸노라
　　　　생각하는 魂이여.
　　　　조용히 숙인 부리
　　　　고이 접은 깃
　　　　으젓한 눈매여.
　　　　너의 白日夢으로 하여
　　　　하늘엔 휘영청 이내가 안다.　　　　　　　(C)

　　　　소리가 나면 잠을 자고
　　　　소리가 없으면 눈을 뜨는
　　　　사나이는 도루 코를 골고 있는데
　　　　라디오는 계속 떠들고 있다.　　　　　　　(D)

　　　　校舍
　　　　아름다운 레바논 골짜기에 있음.　　　　　　(E)

C는 신석초(申石艸)의 「白露」의 전문이고 D는 한성기(韓性祺)의 「낮잠」 일부이며 E는 김종삼(金宗三)의 「詩人學校」 종구(終句)이다. 모두 ≪詩文

學≫에 발표되어있다.

작품 C에는 상징시의 영향이 있는 듯 기법상 상징과 비유가 도입되어있긴 하다. A에 비하면 이미지에의 작용과 리듬에 대한 배려도 볼 수 있으나 대상이 감정적으로 처리되어있다. 다만 A의 경우보다 감정의 진폭(振幅)과 뉘앙스를 가졌다. "갈대 옆에 외로이 서서"나 "생각하는 혼"은 분명 비유나 상징이지만 상식에 머물러있다. 그것은 비유나 상징의 대상이 비근(卑近)하고 설명적이기 때문일 것이다. 특히 "雨露" "魂" "白日夢" 등의 한자는 표현에 기여하지 못한 채 생경하게 박혀있다. "조용히 숙인 부리 / 고이 접은 깃 / 으젓한 눈매여"는 서술적 묘사이지만 정서적 이미지를 대할 수 있고 "하늘엔 휘영청 이내가 인다"에서 포에지에의 접근을 느낄 따름이다.

이에 비하면 작품 D는 감정이 억제된 채 상황을 그려나가고 있다. "소리가 나면 잠을 자고 / 소리가 없으면 눈을 뜨는" 아이러니가 이 시를 지탱하고 있다. 불안 속에서 안정을 가누고 있는 현대인은 소음이 차라리 평온이고 정막(靜寞)이 도리어 이상소란(異常騷亂)이 되는지도 모르겠다. 이 논리는 어찌 보면 파라독스같지만 실은 현대인의 노이로제가 빚은 현상일 수도 있다. 애당초 관념을 감정적으로 노출하고 나선 C와는 대조적이다. D는 기성관념 없이 모순의 상황을 그리다보니 관념적 배경을 거느리게 되었다고 볼 수 있다.

이 시는 작품 B와 더불어 현재 세계적으로 유통되고 있는 현대시의 계보(系譜)를 잇고 있다.

작품 D가 아이러니의 묘미를 가졌다면 E는 해학적(諧謔的)인데 재미가 있다. 드라이하기는 후자가 더 철저해 보인다. 이달의 작품 중 가장 독자적(獨自的)이며 작희적(作戱的)이다. 예술은 결코 고급한 의미의 작희의 소산이지만 여기서는 좀 지나친 듯한 느낌마저 없지 않다.

　"오늘 강사진(講師陣) // 음악부문 / 모리스·라벨 // 미술부문 / 폴·세잔느 // 시부문 / 에즈라·파운드 // 모두 / 결강(缺講)" 이 대목은 기사성을 벗어나지 못하지만 우리나라 시인학생들을 위해 이런 공고(公告)는 필요할 수도 있을 것 같다. 다만 독설(毒舌)로 등장한 김관식(金冠植)은 영원한 동양인을 자처했던 만큼 이 강사진은 어떨까 싶다. 휴학굴(休學屈)을 낸 김소월(金素月)의 경우도 생각해볼 만하다.

　이 시는 상상력에 의해 사실의 미를 추구한 작품이라고 볼 수 있다.

한국에서 본 일본의 현대시

내가 일본의 현대시를 접한 것은 전후 얼마 안 되서의 일이다.

일본의 패전을 고향 원산에서 맞았지만 당시 일본적인 것이 심하게 제거되고 있었는데 특히 책이 산더미가 되어 불태워지고 길가에서 휴지 값으로 팔리고 있을 때였다. 이런 데서 뜻밖에도 앤솔로지 ≪培養土≫를 마주하게 되었다.

그때까지는 주로 하기하라의 『달에 짖는다』든가 보들레르의 역시집 『악의 꽃』을 읽고 있었으나 ≪培養土≫를 손에 넣어 겨우 일본의 현대시에 당도한 셈이다. 중학 3학년 때의 일이다.

최근 우리나라 어느 시잡지에서 우리나라 시가 외국에서 어떻게 평가되고 있는지에 대해 특집하고 싶다고, 나에게도 일본에서 어떻게 평가되고 있는지 말해달라고 졸라서 쓴 일이 있다. 그래서 이들 시잡지라든가 동인지에서 취급된 것이라든지 편지에서 지적되어 있는 것을 일부 열거했다.

특히 나의 시를 "일본적이다"라든가 그와 같이 암시하고 있는 것을 취급했다. 솔직히 말해서 우리나라의 시보다 일본의 시와 시론에 더 관심을 기울이고 있었으며 유럽의 시도 일본역으로 읽었다.

16세 때 식민지에서 해방되었기 때문에 말은 어중간한 입장에 놓여 있었다. 그 때문인지는 모르겠지만 나는 우리나라 전통성은 외면하고 유럽의 영향을 받아들이고 있는 일본 쪽에 눈길을 돌리고 있었다. 나의 시가 어쩌면 일본적인 것은 그 때문인지도 모른다.

졸작에 대해 시라이시 가즈코씨는 "자신의 어둠이 깊을수록 그것을 말하지 않고 유머로 바꾸는 것은 하이가시(俳諧)의 세계이다"라고 「시의 풍경·시인의 초상」에서 말하고 있었다.

아직 만난 적이 없는 아이자와(相澤正一郎)씨는 출판사 앞으로 보낸 편지 속에서 "북조선에서 태어나 한국에 들어왔다는 가혹한 경력을 속에 보듬고 반골이라기보다 따뜻하고 유머러스, 노안(老眼), 치(齒), 귀울림, 말뚝, 파리 등 신변의 것을 그리면서 깊고도 광대한 세계까지도 암시된 어쩐지 일본적인 방법이구나 싶었다"고 말하고 있었다. 또한 이마고마(今駒泰成) 씨는 마루찌(丸地守) 씨의 『詩와 創造』에서 나의 번역시에 대해 "번역시가 아니다. 작자 자신의 일본어시이다"라고 말하고 있었다.

이와 비슷한 발언을 고다끼 고나미 씨는 시집평 서두에서 "일본에서도 잘 알려져 있는 한국의 시인이지만 본인에 의한 일본어의 시라고 듣고서 놀랐다"고 말하고 있다.

한편 나와 동년배인 신카와(新川和江) 씨는 「숨결이 들린다」는 글에서 "김광림씨는 일본의 현대시에 통달해 일본의 전후시적 경향이 그 작품에 보이는 듯하다"고 말하고 있었다. 이것을 좀 더 구체적으로 아키야(秋谷 豊)씨는 「한국 문화인의 프로필」에서 "잠시도 떨어질 수 없는 생명의 위험에 처하는 전쟁터의 경험을 역사적 체험인 동시에 가장 깊은 인간적 체험이 되었다. 전쟁체험은 우리들 일본의 전후시인과도 공통

되는 것이 있다. 그것은 어느 나라의 누구든 생명의 의미에 대해서 생각하고 있었음이 틀림없다"는 말에 내가 일본의 현대시에서 배운 것이 무언인지 상기했다.

이런 것과는 다른 견해도 있다. 독일의 노이에 자하리히가이트를 전공하고 있는 스즈키(鈴木俊)씨는 패전 후의 독일에 웃음의 꽃다발을 선사한 링게르낫츠의 무대 모습을 상기시키면서 "……김씨의 시는 항상 직물적이며 공격적인 성격을 지니고 있다. 일본어에 능통한 김씨지만 그의 시는 유럽의 현대시에 가깝다고 생각한다"고 들먹이고 있었다.

그럭저럭 일본적이었던 것이 유럽적인 것에 변신했지만 또 하나의 케이스를 인용하련다. 그것은 경성제대 출신의 한국연구학자 와다나베(渡部學)씨의 경우이다. 이분은 기타카와씨의 소개로 알게 되었는데 한국에 오면 거의 나와 만났다. 언젠가 나의 시에 대해 이런 귓속말을 했다.

"김 씨가 아무리 유럽적인 모더니즘을 표방해도 한국적인 것에서 벗어날 수 없다"고 진작 사망한 한국학자의 말씀이 지금도 귀에 남아 있다. 이쯤에서 내가 일본의 현대시에서 배운 것이 무엇이었던가를 상기했다.

지난 1990년 한국 월간시지 ≪현대시≫에서 「아시아의 현대시는 어데로 향하고 있는가」를 내가 코디네이터가 되어 일본의 고카이(小海永二) 씨와 대만의 천(陳千武)씨를 패널로 대대적으로 언급한 일이 있다. 그때 나는 일본 현대시의 특징을 한 마디로 사고의 정서화와 인식의 감성적 공감대 형성에 주된 안목이 놓여 있는 것 같다고 언급한 적이 있지만 내가 일본의 현대시에서 배운 것이 이것이다.

그때 고카이씨는 "사고의 정서화라는 말로서는 하기하라라든가 무라노(村野四郎)와 같은 그러한 시인들의 존재를 떠올릴 수 있다"고 하면서 "하기하라나 무하노에게서 볼 수 있는 것 같은 지적된 경향이 분명히 있어서 그것은 전후까지 끊임없이 계속되고 있다. 또한 제2의 인식의 감성적 공감대의 형성이라는 자세는 전후의 '荒地' 그룹의 일에서 볼 수 있다"고 말하고 있는데 대해 전적으로 공감했지만.

하기사 고카이 씨는 자신의 시에 대해 "나는 현대시인은 아니고 근대시인 일는지도 몰라. 근대시 쪽에는 사람과 사람과의 마음을 결부시키는 풍요한 맛이 있었던 게 아닌가 생각돼"라고 현대시보다 한발 물러선 시를 쓰고 있다고 고백하고 있었다.

나이브한 인생파의 시인이기에 인간 상호간의 건널목을 포기하고 자기만의 울타리 속에서 세계를 구축하려는 경향에 반기를 들고 있는 것이 보인다.

이야기가 좀 옆으로 빗나갔지만 이와 같은 견해라면 한국시인의 태반(특히 여성시인)은 지금도 감정의 직접적인 이입을 하고 있기 때문에 고카이 씨와 일맥상통하는 것을 느낀다.

이와 같은 근대시에 머물러 있는 시인이 있는가 하면 지금도 레지스탕스와 앙가주망의 기치를 들고 '히로시마 나가사키를 생각하는' 시인도 있었다. 충격적인 읽을거리였다. 이것을 편집하고 있는 이시카와 (石川逸子)씨가 이번 시집에 대해 "유머가 넘치면서 웃으며 읽으며 멈춰서서 생각하게 하고 눈물이 솟는 시편들. 일본인의 시에 결여된 것"이라고 지적하고 있었다.

일본의 전후시를 말할 때 반드시 '荒地'와 '列島'가 더불어 논의되지만 이 두 그룹이 전후시의 주된 흐름을 이루고 있기 때문이리라.

전자가 의미성 획득에 의해 모더니즘을 초극했다고 한다면 후자는 전위적인 테크닉을 끌어들여 민중과의 연대를 시도하면서 프로레타리아 시를 초극한 것이 아닌가 여겨진다. 전후에 곧 창간 되 '荒地'의 멤버는 대체로 'VOU'라든가 '新領土' 등 모더니즘과 관련이 있는 시인들의 시로 '荒地'를 통해 전후의 절망과 퇴폐를 날카롭게 추궁하면서 실존에 대한 인식을 심화시켰다고 할 것이다.

한편 '列島'는 '荒地'보다 몇 해 늦게 한국동란 중에 발족했지만 우리나라의 동족상잔에는 외면하고 있었던 듯하다.

전쟁에서 돌아온 나는 세키네(關根 弘)씨가 채택한 「늑대전쟁」 덕분에 '列島'는 프로레타리아 시에서 끌어들인 슬로건 모양의 저항에서 일상의 생활감정으로 매사를 비판하게끔 되었다고 생각하기에 이르렀다.

일본에는 헤아릴 수 없을 만큼 시잡지 이른바 동인지가 나오고 있지만 그 속에서 시인단체 정도의 회원을 갖고 있는 것이 '地球'이다.

나는 20년 정도 '地球詩祭'에 참가하여 사귐으로서 그들이 지향하고 있는 에콜이 무엇인지를 알게 되었다.

일찍이 순수한 서정시를 지향하고 있던 '四季'파를 의식하면서 이것을 어떻게 초극할 것인가를 첫 번째 과제로 삼은 듯하다.

그리하여 소시민적 연대와 실존에 의한 인간 본래의 모습을 촉구한 네오 로맨티즘의 이데아를 표방하고 있는 듯하다.

'荒地' '列島'의 전후시 시대가 지나 민주일세대의 '櫂' '鰐'가 등장한다. 나와 거의 비슷한 나이의 시인들인데 전쟁 체험이 있는 나와는 다른 발상을 하고 있었다.

나의 경우는 '荒地' 멤버 모양으로 비통성에서 출발하고 있지만 그들은 '荒地'의 우울한 관념을 제거하고 햇볕을 띠고 있는 듯한 밝음으로 감정의 부흥을 지향하고 있는 듯하다.

다니카와(谷川俊太郎)씨의 시 「슬픔」에 의하면 소년의 눈에 비친 것은 전쟁이 아니고 "푸른하늘"에서 잃어버린 것이었다. 무엇을 잃어버렸는지에 눈길을 돌리는 것이 이 소년의 과제였었던 것 같다.

*　　*　　*

일본과의 현대시 교류가 두드러지게 된 것은 그럭저럭 70년대에 이르러서의 일로 여겨진다. 1970년 서울에서 국제펜대회가 개최되었을 때 나는 <동아일보> 청탁으로 구사노씨의 시 「북한산」을 번역한 일이 있다.

잔디 위에 앉아서 고궁의 풍경을 그리고 있는 포즈의 구사노씨의 사진에 에세이가 첨부되어 번역시가 상자 속에 발표되었다.

식민지 지배하에 놓여있었던 한민족의 슬픔과 울분을 암시하고 있는 이 「북한산」은 지금의 청와대 뒤쪽에 있는 산으로 앞에는 조선총독부의 잔해가 있었지만 지금은 깨끗이 철거되어 있다.

전후 두 나라의 응어리가 풀리고 있을 무렵부터 개인적인 교류는 있었겠지만 일본시인의 정식방문은 이것이 최초의 일로 여겨진다.

펜대회에 동행한 재일교포시인 이기동씨가 나에게 구사노씨와의 대면을 주서해주었지만 호텔의 로비에서 우연히 기타가와씨 부처와 마주쳤다.

앞서 말한 엔솔러지 『培養土』의 편자이며 『두 번째 詩의 이야기』라는 책에 실려 있는 기타가와씨의 얼굴에 익숙해 있었기 때문에 서슴지 않고 다가갔다. 한 시간쯤 이야기한 채 돌아오고 말았다. 만약 그때 기타카와씨를 못 만나고 구사노씨와 교접했다면 나에게 어떤 영향이 있었을까를 생각할 때가 있다.

그 후 '地球'의 시제에서 "전후 52년의 현대시를 검증하는" 심포지엄이 개최되었을 때 그 자리에서 츠루오카(鶴岡善久) 씨가 현재 기타카와씨의 평가가 저하되어 있는데 불만스러움을 발언하고 있는데 나도 동감했다.

기타카와씨의 생전, 나는 네 번의 대면과 52통의 편지 교환 및 작품 교류를 했다. 그 후 일면식도 없는 일본의 선배시인들과도 사소한 교류가 있었다. 때마침 일본 원정에서 돌아온 낯선 발레이볼 선수가 싸인이 든 안도(安藤一郎)씨의 시집 『펼친 손바닥』과 색지를 전달해 준 데는 놀라지 않을 수 없었다.

보이는 것
보이지 않는 것
보는 것
안보는 것
눈 : 모르는 것을 본다

달필의 붓글씨였다.

내가 서울의 중앙방송국에서 근무하고 있을 때 '荒地' 멤버의 한 사람인 기하라(木原孝一)씨로부터 방송시극의 교류를 하고 싶다는 제안을 받았지만 응답의 편지를 낼 수 없었다. 이름만 알고 있는 모르는 사람의 편지를 받았기 때문에 당황하여 아무런 말도 못한 것이 아니라 우리나라에는 이렇다 할 작품이 없었기 때문이다.

당시 기하라씨는 이태리의 시극제에서 「가장 높은 곳」으로 최우수상을 받고 있었기 때문에 대응할 마음이 생겨나지 않았던 것이다.

다음에 원해도 없는 것을 받은 것이 문고판의 오노(小野十三郞)씨의 시집이었다. 사진에 멋진 필치의 증전 싸인이 들어 있었다. 우리나라에서 일본의 시론을 소개할 때 오노씨의 것도 취급한 것이 계기가 된 듯하다.

이상 열거한 시인들과의 사소한 교류는 벌써 40년 이상이나 되기 때문에 지금은 만나고 싶어도 만날 수 없는 불귀객뿐이지만 남겨진 작품에는 이따금 접하고 있다.

앞서도 잠깐 언급했지만 거의 매년같이 '지구시제'에 얼굴을 내밀었기 때문에 숱한 일본시인과 사귀게 되었다. 그리고 일본에서의 국제시인회의를 비롯하여 아시아인회의, 세계시인회의 등과 한국에서의 모임에는 아키아(秋谷 豊)씨의 '地球' 멤버가 중심이 되어 왕래했다.

지난 94년 6월에는 기타가미 시에 있는 일본현대시가문학관의 초청에 응하여 3시간 남짓 여러 가지 이야기를 나눈 일도 있다. 포럼은 세계의 시인시리즈의 최초의 케이스로 '한국의 시인을 말한다'였다. 우리나라에서는 구상씨와 내가 패널로서 초청되고 코디네이터는 고카이 씨였다.

문학관의 대화에서도 일본 현대시에 대해 언급했지만 구상씨는 주로 시의 내용면에서 고찰하고 나는 형식·표현면에서 이야기했다. 그때 고카이씨는 "일본 현대시 속에는 시단 저널리즘으로서의 현대시와 일반 시단의 현대시가 있어서, 일반시단의 현대시는 근래 10년쯤 꽤 바뀌어져 왔기 때문에 근래의 현대시라 하면 어느 부분의 현대시를 가리키는지 문제이다"라고 말하고 있는데 이러한 견해라면 '일본의 현대시'라는 표현은 애매한 느낌이 없지 않다.

지난 1962년부터 63년에 걸쳐 발행된 가도가와(角川)문고판의 『현대

시인선집』 10권에 의하면 근대, 현대, 전후의 시인이 현대시인의 명목
하에 망라되어 있었다. 내가 말하고 싶은 일본의 현대시는 쇼와(昭和)의
현대부터 전후 및 민주세대의 오늘까지를 통틀어 말하고 있기 때문에
막연한 것이 아닐 수 없다.

구상 씨는 차라리 '일본의 시'라는 표현을 사용하고 있었다. 즉 "일
본의 시는 테마에 있어서, 존재관에서 불교적 영향을 받아 범신론적이
며 현실에 대한 파악은 불교의 존재관이 기본이 되어 있는 듯하다. 그
와 같은 존재인식이 배경에 있기 때문에 주제 그 자체가 대단히 만물
긍정적이며 낙관적이다"라고 말하고 있었다.

그리고 "형상성의 문제에 있어서도 일본의 시는 이미지가 현란농염
하며 표현의 섬세함이 보여 지적 무드를 북돋아주고 있지만 어떤 의미
에서는 요설적이 되어 있다"고 하면서 그 예를 『스웨덴 미인의 금발이
녹색이 되는 이유』라는 시집의 작품에서 취하고 있었다.

단적으로 말해 "산성의 비가 내려 지하수가 산성이 되고 그것이 수
도관에 들어와서 물속의 동(銅)이 녹아 그 물로 머리를 감으면 금빛머
리가 녹색이 된다는 내용의 시로서 이 시를 읽으면서 아주 표현이 현
란하고 농염해서 어떤 의미에 있어서는 수다스런 것이 되어 기형적으
로 되지 않을 수 없다"고 말하고 있었다.

무릇 일본의 시는 의지를 전달하는 행위보다는 정서의 섬세한 표현
에 향한다든가 시각적인 의미에서 오브제의 표현을 멋지게 표출한다는
의미에서 받아들여진다.

＊　　＊　　＊

무릇 일본의 현대시에는 순수한 전통성이 있는 서정시도 그다지 보이지 않는다. 때로는 고전조에 의한 현대시 같은 것이 있었다. 하긴 전통에 구애받지 않는 풍부한 국제감각이라든가 코스믹하고 소시얼한 폭넓은 상상력의 비상이 느껴진다.

시의 에콜운동에 의한 상호간의 탁마가 왕성하긴 하지만 에피코넨은 거의 눈에 띄지 않는다. 10인 10색의 확실한 개성의 발로가 보인다. 때로는 동물이라든가 식물의 이름으로 시인을 특징지을 수도 있다.

가령 가네코(金子光晴)씨를 물개의 시인으로 한다든가 기타카와씨를 말, 구사노씨를 개구리로 니시와키(西脇順三郎)씨를 들에 핀 자운영으로 비유한 것이 그것이다. 그리고 유럽의 모더니즘 영향을 받은 탓인지 개인의 시작(詩作) 경향을 쉬 이즘의 카테고리에다 끼워 넣을 수도 있는 것이다.

일본의 현대시에 대한 이와 같은 생각은 또한 프랑스, 독일, 영미시의 흐름을 길어 올린 것으로 보이는 《시와 시론》이라든가 전후의 '荒地' '列島' '櫂' 등의 작품에 입각해서 말하고 있는 것이다. 그러나 그 이후의 새로운 시인들의 시에는 현실성이 있는 리얼한 시를 쓰고 있는 사람들도 있지만 이데아라든가 말장난에 집착하여 어쩐지 전달성이 약한 시도 이따금 눈에 뜨인다.

다니카와씨도 요즘의 시에는 모르는 것이 있다고 말하고 있었으며 고카이씨는 모르는 시는 하찮은 시라고 바꿔 말해도 된다고 언급하고 있었다. 나에게 있어서 여기는 외국이기 때문에 차라리 전달성이 없는 혹은 전달성이 부족한 시를 극단적인 실험성 때문이라고 너그럽게 봐

주기도 했다.

언제부터 시작되었는지는 모르겠으나 일본에도 연시가 유행하고 있다. '櫂' 동인을 비롯해 기지마(木島 始)씨 등도 하고 있었다. 근래 해외의 시인들과도 하고 있어서 특히 기지마씨는 두 사람의 연시를 3개국어로 해서 엽서로 만들고 있었다.

나도 그 케이스에 혜택을 받은 적이 있다. 나는 우리나라의 출판사로부터 세계시인 시리즈에 넣을 일본시인의 번역을 의뢰받아 두 사람 몫을 한 일이 있다. 즉 다무라씨의 『四千의 날과 밤』을 85년에 시라이시씨의 『등줄기가 아름다운 남자』는 94년에 각각 다른 출판사에서 발행되었다. 다른 데서도 나온 것이 있으리라 여기지만 세계시인 시리즈와는 상관없이 앤솔로지라든가 개인의 역시집도 이따금 출판되고 있다.

이와 같은 상황에서 짐작컨대 오늘날 일본의 현대시는 어쩌면 세계적 수준에 닿아 있는 것이 아닌가 여겨지며 나 나름대로 부럽게 생각하고 있다.

지난 94년부터 2년에 걸쳐 한국의 시잡지에 일본 현대시의 소개를 왕성하게 했지만 좀 더 체계적인 논술을 하기 위해 월간시지 ≪현대시학≫에 「일본현대시 산책」의 연재를 시작했었다. 감당할 수 없는 의욕이 아닌가 하고 주저하면서 감히 뛰어들었던 것이다.

그 직접적인 동기는 '일본 현대시연구 국제네트워크'가 꾸민 『昭和詩人論』에 「村野四郎論」을 의촉받은 것이 그 계기가 되었다. 나도 네트워크 멤버의 한 사람이었기에 주저 없이 집필에 응했던 것이다.

무릇 쇼와·전후 민주 1세대 시인들을 들먹이면서 산책했지만 이것은 부담 없는 산책이 아니고 나 나름대로 본격적으로 다룬 시인론이었다. 이것을 21세기 첫해가 저물 무렵 한 권의 책으로 묶어 출판했다.

이른바 『일본현대시인론』이 그것이다.

더 취급하고픈 의욕이 있었지만 자료 관계로 단념하지 않을 수 없었다. 여기에서 거론한 시인의 대부분은 작고해서 지금도 활약하고 있는 분은 불과 5명밖에 없다.

이 『일본현대시인론』에 잇따라 지금까지 단편적으로 논해온 시인을 주로 일본시에 관한 에세이라든가 좌담, 인터뷰 등을 하나로 묶은 『일본현대시산책』을 2003년에 출판했다.

최근 일본의 시인들로부터 한글의 편지와 번역시를 받아보고 놀랐지만 이제 슬슬 나는 자신의 시의 일역을 사양해야 할 단계에 이르지 않았는가 생각하고 있다.

만약 내가 일본어를 몰랐다면 이런 문제는 일어나지 않았을 것이다. 그런 의미도 포함해서 매듭을 짓는데, 다무라씨의 시 「귀로」를 읽어주기 바란다.

말 따위 배우는 게 아니었다
말이 없는 세계
의미가 의미로 되지 않는 세계에 살아 있다면
얼마나 좋을까

말 따위 배우는 게 아니었다
말이 없는 세계
의미가 의미로 되지 않는 세계에 살고 있다면
얼마나 좋았을까

그대가 아름다운 말에 복수를 당해도
그 녀석은 나와는 무관하다

그대가 상냥한 눈 속에 있는 눈물
너의 침묵의 혀에서 떨어져오는 통고
우리들의 세계에 만약 말이 없었다면
나는 단지 그것을 바라보고 지나치리라

그대의 눈물에 과일의 핵만큼의 의미가 있는가
너의 한 방울의 피에 이 세계의 해질녘의
떨리는 듯한 저녁 노을의 울림이 있는가

말 따위 배우는 게 아니었다
일본말과 얼마간의 외국어를 배운 탓에
나는 그대의 눈물 속에 멈춰선다
나는 너의 피 속에 외톨로 돌아온다

　　어떤 의미에 있어서 다무라씨는 절대 시의 경지를 동경하여 이렇게 노래하고 있는 게 아닌가 여겨진다.

* 本稿는 2002. 10. 2 가구라자카(神樂坂) 에밀에서 개최된
세이쥬(靑樹)사 발행의 『속·김광림 시집』 출판기념회에서
강연한 것을 일부 보충한 것임.

일본현대시에 나타난 한국·한국인상

1. 서론(序論)을 대신하여

근래 어느 선배 시인과의 대화 중 이런 말이 튀어 나왔다.

우리는 안중근(安重根) 의사(義士)를 지사(志士)로 칭송하지만 일본에서는 테러리스트로 간주하기 일쑤라고. 이 말이 지금도 내 귀에 생생하다.

최근 나는 齋藤泰彦의 『내 마음의 安重根―千葉十七·合掌의 생애―』를 접하게 되었다. 伊藤博文를 암살한 안의사를 처형 때까지 감시한 헌병 千葉가 안의사 처형 후 죽도록 참회한 기록이 담겨있다.

이 책의 저자는 주인공인 千葉의 만년은 고민이 나날이었다고 진술하면서 거기에는 말로 다할 수 없는 여러 가지 심상이 있겠지만 그중 하나는 大韓民族에 대한 일본의 '죄(罪)'에 대한 반성이 깊이 투영(投影)되어 있는 걸로 봐서도 결코 이상할 것은 없다고 말한다.

그것은 옥중의 안의사와 친히 이야기를 나누는 사이 그의 인격에 감복한 千葉로 하여금 "安은 오래 살았다면 반드시 한국을 짊어지고 설 인물이었는데……"라고 중얼대면서 한국 사람들에게 사죄한다면서

안의사의 유영(遺影)에 날마다 합장을 하다 가버린 모습이 말로 이어져
왔던 것이다.

  한편 이 책의 띠지에는 "伊藤博文를 살해한 안중근을 일본은 사형
으로 처했다. 하지만 진짜 재판을 받아야 하는 것은 누구인가. 지금
새삼 역사의 심판이 내려져야 한다. 일한문제의 원점에 날카롭게 메
스를 가한 절실한 역사소설"이라는 구구절절한 문구가 붙어있다. 일
본에서 이 책을 읽고 감격하여 詩까지 써 보낸 시우(詩友)가 있었으니
타이틀은 「安重根의 碑」1)이다.

    安重根의 碑에
    핏빛 落日이 비쳐 있다.

      아리랑·아리랑 아라리오

    安重根의 碑 위를
    不吉한 소리를 내며 白鳥가 날아간다

      아리랑·아리랑·아라리오

    安重根의 碑 앞에서
    「半島의 아픔」2)에 견디는 이국시인이
    무릎을 꿇고 언제까지나 기도하며 돌이 되어간다

---

1) 조선반도의 의사(義士) 안중근(安重根)의 비(碑)는 궁성현(宮城縣) 약류촌(若柳村) 대림
   사(大林寺)에 있다. 사형당한 안중근의 인격에 감동한 헌병 千葉十七는 평생 고향에
   서 안중근이 남긴 먹글씨를 지키고 전후 유족이 그 유묵(遺墨)을 고국에 돌려보내 비
   문(碑文)을 대림사(大林寺)에 건립(建立)했다. 비문(碑文)에는 '위국헌신군인본문(爲國
   獻身軍人本分)'으로 되어있다. 비(碑)는 율구산(栗駒山)을 바라보고 겨울에는 백조(白
   鳥)가 날아오는 고장이다.
2) 김광림의 시, 제명(題名).

　　　아리랑·고개를·넘어간다

먼 나라의 여인들이
눈물을 흘리면서 찢겨진 아리랑 노래를 불러

　　　아리랑·고개를·넘어간다

쓸쓸한 하나의 그림자가
다리를 절며
고향 마을로 돌아간다

　　　아리랑·아리·아리랑

숱한 아리랑 고개에
동아시아의 심한 바람이 불어닥쳐

　　　아리·아리·아··

梅鉢草3)가 하얗게, 심히 흔들려서

　여기까지 당도하고 보니 『내 마음의 安重根』의 저자가 이 고장 출
신이며 비석(碑石)이 서 있는 대림사(大林寺)의 주지(住持)임을 밝히지 않
을 수 없다. 또한 아이자와(相澤史郎)시인도 중앙에서 괄시 받아온 동북
인(東北人)임을 어쩌랴.

---

3) '濕地의 詩人'이란 學名을 가진 高原의 꽃. 梅鉢紋과 비슷하여 이런 이름이고 高麗茶
　器 밑바닥에도 비슷한 구운 자리가 남아있다.

2. 속죄(贖罪) 의식의 표출

안의사에 대한 속죄의식은 점차 개인적인 차원을 넘어서서 한국적인 데로 승화되어 가고 있는 것을 볼 수 있다.

그 예를 다른 시인들의 시작(詩作)에서 살펴보면 우선 丸山薫(1898－1974)의 『病든 뜰』과 『朝鮮』을 들 수 있다. 『病든 뜰』과 일맥상통하는 시에 「아버지」가 있다. 이 시에서 '미친 아버지'의 표상이 매우 인상적이다. 이를 단순히 가정에 국한시키는 것이 아니라 일본 제국주의가 식민지인 우리나라에 무단 정치를 했을 때 그 부친이 한국침략의 수괴(首魁)의 한 사람인 경시총감이었다는 사실을 상기하면 '미쳤다'는 표현이 생생하게 어필해 온다.

언제부터인가 아씨(嬉)는 달리고 있었다. 아씨 뒤를 악마가 열심히 쫓고 있었다. 그녀는 도망치면서 머리에 꽂은 빗을 뽑아 던졌다. 빗은 악마와의 사이에 우뚝 솟은 三角山이 되었다. 악마는 그 산그늘에 숨었다. 그 사이에 아씨는 멀리 멀리 떨어졌다.

드디어 산봉우리에서 악마가 뛰어 내려왔다. 그리고 또 조금씩 아씨한테 따라붙게 되었다. 아씨는 허리에 찬 주머니를 내던졌다. 주머니는 연꽃이 피어 널린 연못이 되었다. 악마는 저편 물가에서 진흙에 발이 빠져 걷기 어려운 듯이 어기적거리기 시작했다. 그 사이에 아씨는 또 그를 떨어뜨릴 수가 있었다.

하지만 고통 없이 악마는 다가왔다. 이번엔 아씨는 한쪽 신을 벗어서 던져버렸다. 귀여운 신발이 악마 코에 맞아 거꾸로 땅에 떨어져 벼랑으로 바뀌었다. 악마가 혀를 차며 주섬주섬 벼랑을 기어 내려오기 시작했다. 그 사이에 그녀는 또 조금 거리를 두게 되었다.

집요하게 악마가 또 따라 붙으려하고 있다. 아씨는 웃저고리의 푸른끈을 찢어서 버렸다. 그것이 굽이굽이 강이 되었다. 악마가 뗏목을 찾고 있는 사이에 아씨는 얼마간 도망칠 수가 있었다.

이야기를 하는 도중에 어른이 부르는 소리가 들렸다. 韓씨는 긴 담뱃대를 입에서 뽑자 서둘러 헛간으로 갔다.

그로부터 30년의 세월이 흘렀다. 과연 어릴적 나의 기억이 손으로 더듬는 이 나라의 地表에는 불쌍한 아씨가 울면서 내던지며 간물건의 자취가 남아있었다.

늑골과 같은 들판길 가는 곳에 풀 없는 岩山은 허깨비처럼 가로막고 갑자기 나타나는 연못에는 물이 말라 진흙이 불타고 있었다. 얼룩 까마귀는 잎이 진 외톨박이 나뭇가지 끝에서 울고 나무모양을 한 돌 그늘에서 늑대라고 불리는 이리가 하품하고 목구멍을 울리면서 나타나기도 했다.

더욱이 오늘날에도 여전히 국토의 어딘가를 숙명의 아씨는 달리고 있었다. 몸에 걸친 온갖 것을 내던진 발가숭이에 가까운 모습으로 외치면서 계속 달리고 있었다. 악마는 여전히 참혹한 손톱을 기르고 그녀의 목덜미를 잡으려 하고 있었다. 어느 해의 가장 불행한 순간 그녀의 마지막 부분을 덮은 천 조각을 포기하고 슬픔을 겨워 엎드려 버렸다. 천 조각은 바람에 하늘하늘 펄럭이며 넘쳐 둑을 무너뜨리고 굉장한 세력의 홍수가 되어 들판을 묻어 버렸다. 배추밭을 묻어 버렸다. 소와 말을 묻어버리고 儒敎의 아이고 소리가 깃든 언덕가의 흙무덤을 죄다 묻어 버렸다. 숱한 마을의 집들이 물 위에 떠돌고 볏집 지붕 위에다 흔들어대는 이 세상에의 결별의 손을 가득 싣고 천천히 소용돌이치면서 바다쪽으로 흘러가 버렸다.

시 「朝鮮」에 나오는 '아씨'는 한국이고 아씨를 뒤쫓는 '악마'는 일본임은 두말 할 나위도 없다. 일제의 침략에 의해 야위고 황폐하고 몰락해 가는 조선의 사정이 구구절절 묘파(描破)되어 있다. 일본에서 丸山薫는 '四季派'의 서정시인으로 평가되고 있지만 앞서 열거한 몇 편의 작품은 그의 저항성을 여실히 표출한 것이라 할 수 있다.

한 때 일본 정치가들의 식민지하의 한국에 대한 망언이나 폭언이 우리들의 민족 감정을 심히 손상시키고 있을 때 일본 현대시인회가 발

간한 『資料·現代의 詩』(1981)에서 齋藤 忠의 시 「漢江」을 대하고 나
서 비로소 일본인의 양심의 소리를 듣는 듯 했다.

　　‘침략자의 딸을 보듬은 당신은 침략자’
　　들은 바 없는 말을 들은 것은
　　결혼해서 얼마 안된 아내 眞佐子의 입에서였다.
　　眞佐子에게 ‘너는 침략자의 딸이야’ 하고 말한 이는 마사코의 아버지였
　　다
　　眞佐子의 아버지는 수력발전 기사로 眞佐子는 아버지와 더불어 전국의
　　댐 거리를 돌아다녔다
　　압록상에 수풍댐을 만들기 위해 아버지는 평양에 와 잇었다
　　평양의 가게 앞에서 아버지는 眞佐子에게 치마 저고리를 사주었다

　　昭和28년 26세 眞佐子는 죽었다
　　다시금 ‘나는 침략자’ 라고 일본인 입에서 들은 것은, 시의 선생 村松武
　　司로부터였다
　　村松武司도 또한 침략자의 아들로 태어나 한국에서 중학교를 졸업하였
　　다
　　村松武司가 죽고 그를 추모하는 모임이 열렸을 때 숱한 한국인이 모였
　　다
　　모인 한국인들은 村松武司에게 ‘그대는 죽었는가’ 하며 울부짖었다
　　村松武司는 말하고 있었다
　　‘나는 침략자, 그리고 한국인’이라고

　　아내 眞佐子와 村松武司 외에 나는 일본의 누구한테서도 듣지 못했다
　　‘나는 침략자’ 라고
　　나는 가리라 한국에, 그리고 한국인 앞에서 말하리라
　　‘나는 침략자’ 라고
　　그리고 깊이 무릎을 꿇고 사죄하리라
　　나에게는 사죄밖에 아무것도 할 수 없으니까

월간시지 『詩と思想』(2001. 4.)에서 櫻井哲夫의 시 「나는 침략자」를 만나 나는 그만 어안이 벙벙했다기보다 놀라버렸다. 잘못 읽은 게 아닌가 싶어 되풀이 읽었다. 일본인의 진짜 사죄를 만났기 때문이다. 앞서 언급한 한국태생의 齋藤 忠는 한국·한국인에 대한 잘못을 뉘우칠 줄 모르는 일본, 일본인을 고발하고 있지만 사쿠라이는 '나는 침략자'라고 사죄하는 일본인은 아내 眞佐子와 村松武司와 자기밖에 없다고 실토하고 있다. 그 사죄방식도 말로만 하는 게 아니라 한국에 와서 깊이 무릎을 꿇고 하겠다는 것이다.

나는 아직 사꾸라이를 대한 적은 없지만 八旬이 다 된 한센病(나병) 환자란 사실을 알고 또 한 번 놀라지 않을 수 없었다.

이상에서 보아 온 속죄 의식과는 달리 한민족의 비애와 고통과 분노를 은연중 '북한산'을 매체로 표출하고 있는 것을 볼 수 있다.

높직한 지붕 저쪽에서.
외치듯이 갑작스레.

그때 나는 모두가 未知의 한복판에서.
붉고 굳은 언덕배기 도중에서 뒤돌아보았지만.

외치듯이 와락 닥쳤다.
巍峨 껑껑한 이 엄청난 무게.
아픈 칼날같은 稜線과.
에나멜의 하늘.

이 거리는.
슬픔은 먼지가 되어 흩어지고.

먼지는 슬픔인 채로 가라앉는다.
그리고 치밀어 오른다.
회오리 바람.

돌 위의 빨래를 두들기는 방망이와.
흰 옷을 싣고 삐걱대는 電車의.
切切한 소리와.

몇 萬年.
時空 속에 첩첩이 바위가 쌓이고.
해 저물려고 마구 쏟아지는 창빛의.
터져 튀고.

가라앉는 핏빛.

　이 시는 개구리의 시인으로 널리 알려진 草野心平(1903~1988)의 것
인데 1970년 서울에서 국제펜대회가 개최되었을 때 동아일보의 요청으
로 필기작을 번역한 것이다. 구사노가 「한국을 다녀가면서」라는 기고
문 속에 이 역시가 삽입되어 있었다.

　이 작품에 대해 "1938년에 한번 나는 서울을 방문한 적이 있습니다.
그 때 나는 한국 민족의 표정 속에 슬픔과 고통과 분노를 보았습니다.
그 일은 동시에 나 자신에게도 슬픔과 분노를 느끼게 했습니다. 그런
나 자신의 슬픔과 고통과 분노를 나는 한편의 시로 썼습니다. 저녁놀
에 타고 있는 북한산을 매체로 해서 나는 나의 내부를 고백한 셈"이라
고 구사노는 쓰고 있다.

3. 우리 풍정(風情)과 기개(氣槪)

일본의 대표적 서정시인 三好達治(1900~1964)를 통틀어 필자의 관심을 끈 것은 시집 『測量船』과 『一点鐘』이었다. 솔직히 말해서 전자에는 프랑스시의 영향에서 오는 참신한 서정시의 가능성을 만날 수 있고 후자에는 우리나라의 고도(古都)를 찾은 감회를 네 편의 시에 담고 있기 때문이다.

그의 나이 40이 되던 해에 그는 두 달 동안 우리나라의 각지를 유람하면서 많은 시작(詩作)과 수상을 썼다. 그 중 『一点鐘』에는 네 편밖에 수록되어 있지 않은데 모두 수작으로 꼽히고 있다. 즉 경주에서 쓴 「겨울날」「路傍吟」「鷄林口誦」과 부여에서 쓴 「丘上吟」이 그것인데 그 중 「겨울날」은 불국사에서 쓴 것으로 작가이자 시인인 이노우에(井上靖)가 좋아한 것으로 알려져 있다.

아아 知慧는 이토록 조용한 겨울날에
그것도 불쑥 뜻밖의 시간에 온다
인적 끊긴 경계에
산림에
이를테면 이러한 精舍 뜰에
예고도 없이 그것이 그대 앞에 와서
이럴 때 속삭이는 말에 믿음을 두라
"조용한 눈 평화스런 마음 그 밖에 무슨 보물이 세상에 있으랴"

가을은 오고 가을은 깊어 그 가을은 이미 저편에 가버린다
어제는 하루종일 심한 바람이 불고 있었다
그것은 오늘 이 새로운 겨울이 시작되는 하루였다
그리하여 날은 저물고 한밤에 이르러서도 나의 마음은 안정되지 않았다

짧은 꿈이 몇 번이나 끊기고 몇 번인가 또 시작되었다.
고독한 나들이의 하늘에 있으면서 이렇듯 客窓의 한밤에도
나는 부질없는 일을 생각하고 부질없는 일에 괴로워했다

그리하여 오늘 아침은 얼마나 조용한 아침인가
수목은 몽땅 발가숭이가 되어
까치둥지는 두서넛 저기 나뭇가지에 드러났다
사물의 그림자는 분명하게 머리 위 하늘은 개이고
그것들 사이에 먼 산맥이 굽이굽이 보인다
자하문의 비바람 맞는 두리기둥에도
그것이야말로 겨울의 것 이 아침의 노랗게 물든 햇살
산기슭 쪽은 분간도 없이 구름이 늘어져 안개로서 사라졌다 이들 아득
한 산꼭대기의 푸른 산들은
이 청명한 그리고 마침내는 그 모호한 안 쪽에서
空間 나비 한 곡의 유구한 악보를 연주하면서
지금 지상의 현존을 꿈에다 다리를 놓고 있다

저 처마 끝에 참새의 무리 조잘대는 泛影樓 용마루 위
더 저 쪽 드문 숲의 나뭇가지에 보일 듯 말듯하여
그 더 앞의 사소한 부락의 초가집의 하늘까지
저들 높지 않은 또 낮지 않은 산들은
어디까지나 멀리 끝없이
고요로써 대꾸하고 적막으로 서로 부르며 이어져 있다
저 이 아침의 참으로 소슬한
이것은 평화로운 고요한 전망이리

그리하여 나는 지금 精舍의 중심 大雄殿 뜰에
일곱 빛으로 물드는 나무 밑에 쪼그려
부질없는 간밤의 악몽의 개미지옥에서 가엾이 녹초가 되어 돌아온
나의 마음을 손바닥에 잡듯이 바라보고 있다
아무에게도 알리지 못하는 나의 마음을 바라보고 있다

바라보고 있다―
지금은 헛된 여기 저기의 초석 주위에 피어난 노오란 국화꽃을
저 石燈 불켜는 곳에 있는 듯 없는 듯 아스라이 아지랑이가 불타고 있
는 것을

아아 知慧는 이토록 조용한 겨울날에
그것도 불쑥 뜻밖의 시간에 온다
인적 끊긴 경계에
산림에
이를테면 이러한 精舍 뜰에
예고도 없이 그것이 그대 앞에 와서
이럴 때 속삭이는 말에 믿음을 두라
"조용한 눈 평화스런 마음 그밖에 무슨 보물이 세상에 있으랴"

첫 연이 끝 연에 되풀이되고 있는데 같은 말이라도 차원을 달리하
고 있는 것을 알 수 있다. 여기에서도 볼 수 있듯이 평화롭고 고요한
조망을 통해 이른바 풍경 속에 자신의 인생관을 삽입한 듯한 형태로
노래되어 있다. "조용한 눈 평화스런 마음 그밖에 무슨 보물이 세상에
있으랴"고 한 미요시.

네오리얼리즘을 주장한 北川冬彦(1900~1990)에는 한반도를 주제나
소재로 한 시가 몇 편 있었다. 한국전쟁중에 쓴 「새의 一瞥」을 비롯해
서 북한을 테마로 한 「北鮮瞥見」「板門店」과 1970년 국제펜대회 참석
차 한국에 왔다가 쓴 두 편의 여행시 「韓國所見」과 「林語堂의 파이프」
가 그것이다.

몸집에서
목이 떨어져 좋을 리 없듯이

손가락이 팔에서
발이 다리에서
떨어져 있어서 좋을 리 없다

하지만
팔에서 손가락이
다리에서 발이
재가끔 떨어져 산산히 흩어진 情景은

새의 一瞥이
그 작은 網膜에 또렷이 새겨 놓고 있다
새는 떨어져도
그 정경은 작은 망막과 더불어 썩어 문드러질 일은 없으리라

산산이 흩어진 손가락은
발은
목은
그 位置를 회복하지 않으면 안된다
그 位置를 회복하지 않으면 안된다
(산산이 흩어진 손가락이 발이 목이 눈을 갖는 것은 그때이다)
─「새의 一瞥」에서

기타가와는 새가 되어 한국전쟁 중의 전쟁터에 날아가 새의 눈으로 전쟁의 참상을 목격하고 있다. 실제로 본 것은 아니지만 목격을 이미지하고 있는 것이다. 이 작품을 쓸 무렵은 그가 단테의 『神曲』 중 「地獄篇」을 번역하고 있을 때여서 전쟁의 참담한 이미지는 바로 여기에서 연유된 것이 아닌가 싶다.

기타가와는 이 시의 끝 연에서 한국동란이 하루속히 종결되기를, 남과 북의 사람들을 위해, 나아가서는 세계사람들을 위해 염원하고 있는

것을 볼 수 있다.

> 사람들을 떼지어 높은 곳에 오르고 싶어한다
> 젊은 남녀뿐 아니라
> 늙은 부부까지도 기꺼이 높은 곳에 오르고 싶어한다
> 알맞춤하게
> 서울 인천 경주 부산 등 도시 근방에는 산들이 있고
> 그곳에는 전망대가 마련되어 있다
> 학대받은 세월이 오래고 깊었기에
> 산에 올라
> 전망대에 섬으로 해서
> 사람들의 해방감은 만끽되는 모양이다

기타가와가 1990년 타계할 때까지 저자에게 보내온 사신(私信)은 모두 52통에 달한다. 그 중 위에 인용한 「한국소견」과 관련된 편지(1970. 10. 9)가 있어 일부 소개한다.

"이것은 한국여행 일기의 하나로 네오리얼리즘과는 거리가 먼 스케치에 불과합니다. 나는 네오리얼리즘의 시를 이념으로 삼고 있습니다만 가다가 막히면 언제나 사생(寫生)을 합니다. 사생으로 돌아갑니다. 이 여행의 시도 그 일단으로 내게 있어서는 낮은 단계의 것입니다. 그러나 이번의 높은데 오르는 시를 "한국인 특유의 심경을 잘 파악했다"고 말씀해 주시니 기쁩니다. ……나는 출발 전 아직 상당히 어둡지 않는가 하고 생각했었는데 그렇지 않다는 인상을 받았습니다. 그리고 이 밝음은 어디에서 생겨났는지 잠시 생각하면서 쓴 작품입니다."

이 작품에서 "학대받은 세월이 오래고 깊었기에"는 일제 식민지하의 압제통치를 가리켜 말하고 있음을 알 수 있다.

한국음식은
어째서 매운가.
김치라는 절임에 이르기까지
고추를 쓰지 않는 것이 하나도 없다.
새빨간 굵은 알의 한국 고추
그대는 그것을 막 지은 밥 위에 뿌려
땀도 흘리지 않고 냠냠 맛있게 맛본 것도 아니다.
우리들은 별로 즐거운 회식을 한 것은 아니다.
또 요리라 할 만큼의 것을 맛본 것도 아니다.
이상한 인연으로
일본의 어느 큰 공장에서 일년 반 가량
증기로 찐 조잡한 밥을 함께 먹고 지낸 데 불과하지만
찢어진 소포 귀퉁이에서 새어나온 한국의 고추를 보았을 때
나도 더불어
이상하게 절실한 향수에 젖곤 했다.
매움도 북한의 매움이 있고
대한민국의 매움도 있으리라.
지금 그 어느쪽이 더 통렬한지는 모른다.
나는 단지 그 무렵 매일같이 그대들의 아침식사를 위해
네 말들이 통 그득히 녹미채의 된장이 붉게 물들 정도로 살린 것을 생
각한다.
그래도 그대들은
아직 아직, 아직 아직이라고 말했었지.
새빨간 굵은 알의 한국 고추.
말려서 핏빛을 한 녀석.
진짜로 호화판 한국음식에는
과연 그것을 어떻게 쓰는 걸까.
그대들의 식욕이
더욱더 왕성하기를
바랄 뿐.

일본의 단가(短歌)적 서정을 정면으로 부정하고 나선 아나키즘의 반역시인 小野十三郎(1903~1996)의 「고추의 노래」이다.

전쟁 중에 그가 어느 조선소에서 만난 한국인 징용공을 다룬 시의 하나이다. 이 시에서는 고춧가루를 통한 향수가 물씬 풍기고 있다. 이러한 오노의 휴머니즘은 필자가 보기에는 한국의 징용공을 통해서 생겨난 듯 하다. 식민지 백성의 피압박감과 가진 것도 없고 무력한 자에 대한 연민의식의 발로가 아닌가도 싶다.

半島의 젊은이들은
모두 고국으로 돌아가 버렸다
지금은 할 말도 없다
여기에 있었던 자들은 모두 좋은 녀석들이었다
모두 재미있는 녀석들 뿐이었다
갑자기 아무도 없게 되어
나는 쓸쓸해서 견딜 수가 없다

　　　　　　　　　　　　　　　　　　　　－「大海辺」에서

오노의 이 시에서는 일본의 패전으로 징용이 풀려 동료들과 헤어졌을 때의 쓸쓸함을 토로한 평범한 시인데 이 냉철한 비평의식의 소유자가 드물게 인간에 애정을 쏟고 있는 것이 보인다.

오노에게는 이 작품 외에도 조시(組詩) 12편으로 된 『惜別』('조선의 젊은 벗들에게'라는 부제가 붙어 있는 이 시는 『한밤중의 마중』「脫走者」「慶州」「井邑사람」 등의 단시(短詩)로 이뤄져 있음)이라든가 「小事件」「ARDENT」 등의 한국인을 다룬 시가 더 있는데 이 사정을 두고 남달리 한국과 한국인에 대한 이해가 깊었던 기타가와가 「고추의 노래」를 읽고 "오노(小野)의 조상은 한반도에서 온 듯하다"고 하자 "혹 그럴지도 모른다"고 대꾸했다는 것이다.

4. 윤동주(尹東柱)에게 기타

근래 일본시인 가운데 우리말(한글)이 되는 혹은 공부하고 있는 시인이 손꼽힐 정도 있는데 그 중의 가장 연장자가 茨木のり子(1926~   )이다.

그는 1990년 이 땅의 현역 시인 12명의 작품 62편을 역편(譯編)하여 『韓國現代詩選』으로 상재(上梓), 요미우리문학상(讀賣文學賞)을 수상하기도 했다. 그가 한글에 얼마나 관심을 기울였던지「이웃나라 말의 숲」이란 시까지 쓰고 있다.

　　　숲의 깊이
　　　가면 갈수록
　　　가지가 서로 얽히고 속 깊이
　　　외국어의 숲은 울창하다
　　　대낮에도 여전히 어두운 오솔길 혼자 뚜벅뚜벅

　　　栗は 밤
　　　風は 바람
　　　お化けは 도깨비
　　　蛇 뱀
　　　秘密 비밀
　　　茸 버섯
　　　무서워 こわい

　　　입구쪽에서는
　　　떠들고 있었다

죄다 진기하고
명석한 음표문자도 청결한 울림으로
陽の光 햇빛
うさぎ 토끼
でたらめ 엉터리
愛 사랑
きちい 싫어요
旅人 나그네

地圖위 조선국에 검게 먹칠을 하며 가을바람을 듣는다
啄木의 明治43년의 노래
일본어가 예전에 차버리려 한 이웃나라 말
한글
지워버리려다 결코 지워버릴 수 없었던 한글
용서 하십시오 ゆるして下さい
땀을 벌벌 이번에는 이 쪽에서 배워야 할 차례입니다
어떠한 나라의 언어에도 결코 깔아 눕혀지지 않은
굳센 알타이어 계통의 하나의 精髓에—
조금이라도 다가가려고
온갖 노력을 기울여
그 아름다운 언어의 숲으로 들어갑니다

왜놈의 후예인 나는
긴장을 풀면
삽시간에 恨이 잠복한 말에
잡아 먹힐 듯
그런 호랑이가 어김없이 숨어 있는지도 몰라
하지만
옛날 옛날 아주 오랜 옛날을
「호랑이 담배 피우던 시대」 라고
입버릇처럼 말하는 우스광스러움을 한글이 아니고서는

어덴가 멀리서
웃으며 떠드는 목소리
노래
멍청이
말라깽이

속담의 보물 창고이며
大辭典을 벼개 삼아 선잠을 자면
「자네 들어오는 법이 늦었어」 라고
尹東柱에게 상냥하게 꾸중을 듣는다
정말 늦었어
하지만 무슨 일이든
아주 늦었다고는 생각 않기로 하고 있습니다
젊은 詩人 尹東柱
1945年 2월 福岡형무소에서 옥사
그것이 당신들에게 있어서는 光復節
우리들에게 있어서는 降伏節
8월 15일을 거슬러 올라가 고작 반년 전이었으니
아직 학생복 차림으로
순결만을 동결시킨 듯한 당신의 눈동자가 눈부시다

－하늘을 우러러 한 점 부끄럼이 없기를－

라고 노래하고
그때 과감히 한글로 시를 썼다
그대의 젊음이 눈부시고 가련하다
나무 등걸에 앉아서
달빛처럼 밝은 시편 몇 개를
뚜렷하지 못한 밝음으로 읽어보지만
그대는 조금도 웃지 않는다

부득이 한 일
이제부터 어데쯤 갈 수 있을까요
갈 수 있는데까지
가고 가서 나자빠지더라도 싸리 벌판*
*『おくのほそ道』曾良의 구절에서

　이바라기는 일본제국주의가 말살하려 했던 한글이기에 더욱 배우려
는 의욕을 불태우고 있는 것 같다. 광복(光復)을 눈앞에 두고 옥사(獄死)
한 윤동주(尹東柱)가 끝내 한글로 시를 쓴 사실에 '젊음이 눈부시고 가
련하다'면서 한껏 애도(哀悼)를 표시하고 있는걸 보게 된다.

목숨이 다할 무렵에
한마디 크게
외친 그대

그 한마디는
尹東柱 그대 나라의 말이었기에
아무도 그 뜻을 아는 이가 없어

바람마저 그대가 갇힌 감방에는 들어갈 수 없었기에
언제나 언제까지나 그대가 우러르며 그 하나 하나에
아름다운 말로 불러대던 별빛마저도

그 한마디는
짧고 곧게 산 시인의
마지막 불길의 외침이었거늘

결코 돌이킬 수 없어
그대의 한마디를 찾아내기 위해
한시라도 우리들 뉘우쳐 본 적이 있을까

石川逸子(1933~   )의 이 「목숨이 다할 무렵에」는 윤동주에게 바치는 시로 되어있다.

진작 필자는 이 땅에서 이시카와의 시집 『흔들리는 무궁화』를 번역 상재(上梓)한 바 있지만 그녀는 한국과 한국인에 대한 일제의 온갖 만행과 학살 행위를 고발하고 있다.

이 시집을 번역하면서 나는 비로소 살아있는 일본의 양심을 대했던 것이다.

一衣帶水의 이웃 나라, 예부터 문화혜택을 입어온 한국에 대해 일본이 저질러 온 도리에 어긋난 숱한 일들―그런 사실들을 제대로 알아차린 것은 부끄럽게도 불과 10여년 전의 일입니다. 그때까지만 해도, 바로 이웃에 사는 한국분들의 쓰디쓴 눈물도 모른 채 짓밟으며 지내온 우리들이었습니다.

위안부가 된 분들, 강제연행 끝에 피폭된 분들…… 등 그 수많은 피해자분들의 분노에 찬 목소리를 듣고 나서야 겨우 일본의 非道를 스스로 깨달을 수 있었습니다. 하지만 일본의 마이너스 역사를 똑바로 바라보는 일을 '自虐史觀'이라고 비웃는 세력이 아직도 일본에서 함부로 날뛰고 있는 것이 분해서 견딜 수가 없습니다.

이 시집이 희생된 모든 한국분들에 대한 사죄와 진혼의 징표가 되고, 한국과 마음을 여는 교량이 되기를 바랍니다.

이시카와는 책머리에서 위와 같이 실토하고 있다. 「목숨이 다할 무렵에」는 이 시집의 앞머리에 다뤄져 있다.

그는 말하지 않는 것으로서 말하는 시인
그의 더할 나위 없는 상냥함이

너무나 가혹한 운명 괴로움에서 온다니
나는 부른다 흰 나라의 형제를
진달래 술이 맛있는 나라의 진달래보다 맛나는
김광림 그 마음의 술이여

자타가 공인하는 일본의 국제적인 여성시인 白石かずこ(1931~   )의
시 「太陽이 곁에 있다」의 끝연이다. 여성시지 ≪現代詩 La Mer≫(1992,
여름호)에서 특집한 『사나이에게』에 수록된 작품인데 '세 오빠들에게'
라는 부제가 붙어 있다.

그가 말한 세 오빠란 남아프리카의 시인 마시지 크네네와 필자 그
리고 유고슬라비아 작가 미오드라그 브라드윗치 등을 다룬 것인데 여
기서는 나의 경우만을 픽업했다.

고향은 以北이라고 사나이는 말한다
열 여덟살 때 이남으로 왔다가 경계가 생겨
그로부터 45년
사나이는 부모와 형제 누구 하나의 생존조차 모른다
한 통의 편지 한 마디의 소식조차 끊기고
사나이는 남쪽에 와서 시인이 되었다
네 자식과 딸 손자들도 생겨
사이좋게 부부싸움도 하며 농도 하는데 어느덧
고향인 북쪽 하늘에 날아가는 한 마리 새조차
사나이의 양친의 생존조차 일러주지 않는다
머리칼은 흰 구름이 되어 슬픔의 머리 위에 떠돌고
망향의 심정은
너무도 속 깊은 동굴 밑에 있어 아무에게도 안보인다
'율리시즈까지도 고국에 돌아갔지요 하지만
시라이시씨 한국의 율리시즈는 아직
돌아가지 못해요' 사나이는 말한다

더 나이가 들면 북의 고향의
산이나 하늘이 보이는 곳에 살래요
산이여 소리내어 뭔가 말하지 않으려나
하늘이여 푸르게 개인 눈에 눈물이 어리는 것 안다면
뭔가 소식의 꽃잎 같은 것
무궁화 꽃에 가까이 오게 해서 하늘하늘 이쪽에 보내주지 않으려나

시라이시는 시 「太陽이 곁에 있다」를 발표하고 나서 이번엔 <朝日신문>에 『1998年의 神話』를 연작으로 매주 썼는데 9번째로 앞의 「북에서 남으로 온 사나이」를 발표했다. 그날이 바로 3월 1일이었다. 당시 필자는 대학을 정년퇴임하고 일본의 붕교(文敎)대학에 연구원으로 가 있을 때였다.

북에서 남으로 온 시인은 나뿐만이 아닌데 이 작품이 발표되자 일본 시인들한테서 전화가 걸려왔다. 하긴 발행부수가 7백만부나 되는 대신문이니 적잖이 눈에 뜨인 모양이다.

내겐 사전에 아무런 귀띔도 안 해준 그녀가 세기말에 이 땅에서 열린 3국 시서전에는 이 작품을 큼직한 용지에 붓글씨로 쓰고 나서 나에게 바친다는 말까지 곁들이고 있었다. 그때 시라이시는 나에게 이런 당부까지 해왔다. 이 작품은 절대로 팔지도 남에게 주지도 말고 내가 꼭 간직해 두라는 것이었다. 이쯤 되면 그가 나를 '시의 오빠'라 부르는 심정을 이해할 만도 하다. 그러고 보니 나도 1998년의 신화 속의 한 인물이 된 셈이었다. 한국판 율리시즈로서.

5. 결론(結論)을 대신하여

이밖에도 한국·한국인과 관련된 것을 다룬 작품은 더 있는 것으로

알고 있다. 우선 생각나는 것은 中村 稔의 『器物』을 비롯하여 森崎和江의 「朝鮮海峽」, 眞壁 仁의 「朝鮮쌀에 대하여」 등인데 본고는 小熊秀雄의 長詩 「長長秋夜」로 마감하련다. 그는 이 시의 한자 제목에다 '장장추야'라는 우리말 발음의 토까지 달아놓고 있다.

小熊秀雄(1901~1940)는 북해도(北海道)에서 태어나 세 살 때 어머니를 여의고 여기저기 떠돌이 생활을 해야만 했다. 교육은 초등학교가 고작이고 소년시절부터 거의 독립적으로 살기 위해 아무 일이나 해야만 했다. 즉 양계장 파수꾼으로부터 숯구이 조수, 청어어장 인부, 농부, 미역 채집공, 양복점 점원, 제지공장 노무자, 신문기자, 그리고 시인이 되었다.

그가 도쿄에 모습을 드러낸 것은 1928년, 폐결핵으로 1940년에 사망할 때까지 고작 12년 동안 본격적인 작품활동을 한 셈인데 평생 그가 남긴 시집은 세 권을 헤아릴 뿐이다. 그러고 보면 여기에 소개하는 「長長秋夜」는 장편 서사시만을 묶은 『날으는 썰매』에 수록된 것이 아닌가 싶다. 그러나 아무도 이 작품에 대해 언급한 바도 없고 그의 작품계열에서는 이복자식 취급을 당하고 있는 듯 하디.

그는 먹고살기 위해 잡다한 일에 손을 댔듯이 시만 쓴 것이 아니라 그림도 그리고 데생도 하고 심지어는 어린이 만화까지 논하고 있었다.

한 마디로 말해서 그의 작품은 풍자문학이라 할 수 있는데 그는 이 풍자성을 통해 예술상의 암살자, 세련된 문학적 기술자가 되려고 한듯하다. 그리하여 비판정신, 풍자성, 물질적 표현 등 세 가지 주문(呪文)을 펼치다가 이런 것이 절대로 용납되지 않는 시대를 맞기 직전, 즉 독일군이 폴란드를 침공하여 제2차 세계대전이 발발한 이듬해, 다시 말하면 일본이 선전포고도 없이 진주만 기습공격을 감행하기 전해에 그는 홀연 이 세상을 떠나버렸다. 그의 나이 39세 때의 일이다.

조선아 울지 말아라.
할머니 울지마세요.
가시네야 울지 말아라.
다듬이돌이 웃겠다.
뚝딱 뚝딱 뚝딱.
저 소리가 무슨 소리지?
네가 든 방망이에서
그 소리가 난다.
여기서도 저기서도 마을에서
밤이 되면 뚝딱 뚝딱 뚝딱.
조선의 산에는 나무가 없지
그래 그게 불쌍하구나.
집에는 먹을게 없지
그래 그것도 불쌍하구나.
"아아 착한 애로다. 착한 애로다.
 그런 사실을 하나님은
 모두 알고 계시단다."
할머니는 좌우로 몸을 흔들면서
익숙한 솜씨로 나무 받침대 위의
흰 빨래를 방망이로 두드린다.
뚝딱 뚝딱
"아아 얼씨구 절씨구
 신바람 나는 소리로구나."
내 딸이나 자식들의 일은 모르지만
우리 아버지나 조상들의 일은
옛날 조선의 일은
이 늙은 것의 더러운 귀청이
언제나 귓속에서 중얼거려 주지.
푸른 달빛아래 마을 지붕 밑의

아낙네들이
장장추야
뚝딱 뚝딱
몇 천년 전 옛적부터
나무나 돌 받침대 위에 흰 옷을 두들겨
풀기를 떨구고 주름을 펴서
사내들에게 말쑥한 것을
입히고 즐거워하고
조선 까마귀도 얌전하게
낙동강 물도 술렁대지 않았으며
요즘처럼 면사무소의
면장이 이러니 저러니
서류를 가지고 와서 귀찮게
집집마다 돌아다니지 않는다면
자식이나 딸도 마을에 주저앉아
늙은이들의 말벗이 되었을 것을
요즘은 어쩐지 어수선한 바람이
마을 사람들의 흰 옷자락을 뒤흔들고
고개를 넘기만 하면
고개 저편에 행복이 있다면서
마을을 떠나 고개를 넘고 싶어하며
한사코 쫓기듯이
젊은이들은 고개를 넘어가
너의 귀여운 약혼녀는
가난한 마을을 떠나버렸다.
지금은 몸 성히 도쿄(東京)에서
일하고 있는 모양
그리고 쓰레기통이나 시궁창을 뒤져
금덩이를 찾고 있는 모양
한 몫 잡으면
가시네야 곧장 너를 데려오마

아아 하지만 그게 도대체
언제쯤의 일일런지
떠나는 사람은 있지만
돌아오는 사람은 없어
밤새 노래 부른
목청 자랑 일 자랑하던
나의 동료도 저승으로 가버렸다.
내 송곳니도 벌써
실낱 하나 끊을 힘이 없어졌다.
망치질하는 방망이도 무거워
아무리 쫓아도 까마귀들은 달아나지 않아
벌레는 울음을 안 그쳐
온갖 짓을 다해
이 노파를 업신 여기다니
즐겁던 조선은 어데로 갔느냐.
옛 조선은 어데로 갔느냐.
하나님이나 하늘이
이 조선을 억누르고 계시는가?
그리고 이 늙은이도 젊은이도
밤새 괴로운 듯이 뒤척인다.
뚝딱 뚝딱 뚝딱
다듬이질 소리도 옛날같이 즐겁지 않은 듯
동산에 달이 떠도
옛날같이 젊은이들은
달빛 아래 서성대지 않아.
아이고─악마에게 잡아먹히고 있다.
할머니는 들었다.
아작아작 소리를 내며 악마가
산의 나무를 먹어치운 것을.
아가씨는 강에 물 길러 갔다가 빠져죽고
젊은 것은 술만 처마시고

투전을 하고
지주에게 대든다든지
농민조합 따위를 만든다든지
마을을 뛰쳐나간다든지
젊은 것은 툭하면
마을의 半鐘을 치고 싶어한다.
뚝딱 뚝딱 뚝딱
할머니가 정성들여
다듬이질로 희고 새롭게
다듬은 조선옷도
젊은 것은 입으려 않는다.
밀짚모자를 쓰거나
양복을 입거나 포마드를 바르거나
그리고 할머니들에게까지
어제 면장님으로부터 호출이 있었다.
면사무소에 속속 마을 사람들이
모여들었다.
높은 데서
면장은 마을 사람들에게 호통을 친다.
 －세상은 일진월보하고
 문명문화의 오늘날은
 첫째로 규칙을 지켜야지
 납세의 의무
 그리고 조세는 반드시 바쳐야 해.
 그리고나서 특히
 할망구들은 잘 들어둬.
 제기랄 완고한 것들은
밤새도록
뚝딱뚝딱
다듬이질을 하고 있어
도무지 시끄러워 못견디겠다.

첫째로 저 뚝딱소리는
소한테 좋지 않아
소 신경을 거슬리니까
젖이 제대로 나지 않아.
둘째로 복장개선의
趣旨로 보아서도
흰 조선옷은 내일부터
일체 입어서는 안돼.
검정옷으로 갈아 입어
검정옷은 더럼을 타지 않아
따라서 세탁을 할 필요가 없어
뚝딱뚝딱의
빨래하는 할망구들은
방망이질을 그만 두고
내일부터 새끼를 꼬도록
 뚝딱 뚝딱하면
 괘씸한 년들이다―.
면장은 부르르 몸을 떨며 외쳐댄다.
젊은 것은 떠나버리고
단지 늙은이들은 언제까지나 자리를 뜨지 않는다.
늙은이들은 백로처럼 몸을 굽히고
검정두루미처럼 땅바닥에 주저앉아
목청껏
아이고 소리를 지른다.
 ―아이고 면장님
 앞으로 얼마 안남은 늙은 것에게
 너무 하십네다
 새삼스레 흰 조선옷을
 아이고
 그만 두고 염색옷을 입으시라면
 차라리 할망구들 죽여줍사

아이고-
하나님이 내려주신 흰 옷을
어찌 벗을 수 있으리오.
아이고- 天帝님 조상님
면장녀석이 내게서 흰 옷을 빼앗아
까마귀 같은 검은 옷을
입으라고 호통치네요. 천벌을 받아야 할 면장놈.
나는 싫어.
흰 옷은 죽어도 피살당해도 못 벗어
아이고-. 아이고-. 아이고-.
할머니는 꺼져버릴 듯한 슬픔과
놀라움에 와들와들 떨고 있다.
규칙이 무서운 힘을 가지고 있는 줄
알고 있기 때문에
당장에라도 옷을 벗기울 공포에 사로잡혀
고개를 떨구어
땅에 비비며 아이고 한다.
 -시끄러 할망구들 같으니
 너희들은 요전에도
 울며불며 지랄을 쳤지.
 툭하면 총독부의 개정에는
 시끄럽게 반대하고 나서거든
 흰 옷을 염색옷으로 바꾸지 않는 패거리는
 총독부 뜻에 어긋나면
 거꾸로 매달아 버릴 수밖에.
면장은 달래가며 얼려가며
조선의 전통적인 흰 옷을
새 복장으로 바꾸게 하려 든다.
하지만 깊은 데서
물이 흐르듯이
할머니들의 슬픔도

깊은 데서 오고 있다.
할머니는 분노와 비애의 열을 지어
밤의 장막은 늙은 이들에게
무거운 보따리처럼 마음에 얹힌다.
발걸음도 힘없이 돌아가는
조선이여
너는 설혹 할머니들에게
흰 옷의 영원한 전통을 사수케 하더라도
그 전통을 이어받지 못하는
야윌대로 야윈 조선이여.
젊은이들만이
너의 본질을 알고 있다.
젊은이들은 무쇠같이 든든한 신을 신고
무쇠같은 발자국 소리를 낸다.
늙은이들은 헛된 나막신을 울리며
한껏 불평을 터뜨리면서
면사무소에서 무리져 돌아간다.
저녁 어스름속에 할머니의 한떼가 돌아가면
어스름속에서 갑자기 할머니의
닭의 외침같은 고함이 들려온다.
몇몇 사내와 할머니 무리가 옥신각신하며
산길에서 벼랑으로 도망치려 한다.
사내들의 한떼는 그 앞을 가로막는다
 ─빌어먹을 할망구들 같으니
 너희들 옷을
 이 모양으로 더럽혀 주마
 ─이 망할
 뚝딱 할망구야
 도무지 네년들이
 그 옷을 아니 벗겠다면
 우리들이 물감장수 노릇을

　대신 해야겠다.
도망쳐 다니는 할머니는
사내들의 발길에 채이고
손찌검을 당하고
사내들은 떠뜰썩하며
개가 늙은 닭을 쫓아다니듯이
손에 손에 먹물을 담뿍 찍은
붓을 치켜들어
어깨에서 비스듬히
먹물로 할머니의 옷에 끼얹는다
　─네 놈들은 누구냐?
　이런 못된 짓을 하는 것은
　늙은이를 학대하고
　온전할 줄 아느냐?
할머니는 목따는 소리를 지르며 도망쳐 다녔으나
사내들은 기어이 달려들어
할머니의 흰 옷을 여지없이 더럽힌다.
할머니의 슬픔의 목소리는 높고도 깊었다.
조선의 고요한 사방에
한바탕 소음이 일고
마침내 잠잠한 직막으로 돌아간다.
면사무소 사내들의 계획적인
먹물 습격으로 새까맣게 더럽혀진
할머니의 무참한 흰 옷 흩어진 머리
얼굴을 찡그리며 일어나서 그 자리를 뜬다.
날이 새면
마을 할머니들은 아무일도 없었다는 듯이
이웃과 더불어
낙동강 강기슭으로 일제히 나간다.
더럽혀진 흰 옷을
철썩 물에 담그면

강은 순식간에 꺼먼 흐름이 된다
이윽고 검은 한줄기의 흐름은
점차 엷어져서
하류로 사라져 간다
할머니의 노여움의 표정도
차차 누그러진다
뚝딱 뚝딱 뚝딱하고
방망이질을 신나게 한다
서로 쳐다보면서
억세게 모든 지난 일을 긍정하려고
애처로운 미소를 지어 보인다.
가냘픈 손을 추켜들어
힘차게 빨랫돌을 두들긴다.
힘차게 조선의 노래를 부르기 시작한다.
검게 더럽혀진 흰 옷을 방망이로 친다.
치는 방망이도 울고 있다.
맞는 흰 옷도 울고 있다.
치는 할머니도 울고 있다.
맞는 빨랫돌도 울고 있다.
모든 조선이 울고 있다.

■ 참고문헌

김광림, 『일본현대시인론』, 국학자료원.

김광림, 『일본현대시산책』, 푸른사상.

≪문학과 창작≫, 문학아카데미, 1994. 4.

≪현대시학≫, 현대시학사, 1994. 12.

≪현대시학≫, 현대시학사, 1995. 8.

≪현대시학≫, 현대시학사, 1996. 2.

≪현대시학≫, 현대시학사, 1996. 3.

齋藤泰彦, 『わが心の安重根-千葉十七・合掌の生涯』, 五月書房.

現代詩『ラ・メール』夏號, 書肆水族館, 1992.

北川冬彦詩集, 『北京郊外にて』他, 時事通信社.

『現代詩讀本 三好達治』, 思潮社.

『現代詩讀本 草野心平』, 思潮社.

『小熊秀雄詩集 現代詩文庫』22, 思潮社.

『茨木のり子詩集 現代詩文庫』20, 思潮社.

茨木のり譯編, 『韓國現代詩詩選』, 花神社.

茨木のり詩集『寸志』, 花神社.

『石川逸子詩集 日本現代詩文庫』30, 土曜美術社.

石川逸子詩集『흔들리는 무궁화』, 을파소

셋째 장

세계적인 수준이란

―시야를 넓히는 일이 급선무

70년대 중반쯤의 일로 기억된다. 어느 월간 시지를 편집하고 있을 때 우리나라 시에 대한 견해를 앙케트 조사를 한 바 있는데 대상은 현역시인들이었다. 설문 속에 우리 시의 세계적 수준 여부를 묻는 항목이 있었는데 대체로 세계적 수준이라고 대꾸해온 듯하다. 심지어 그 이상이라고까지 답한 시인이 있어서 놀랐지만 그 이하라고 계면쩍어한 시인은 극히 드물었다.

그때야 노벨상은 천상(天上)의 꽃이나 다름없었는데 어찌 세계적 수준을 운운할 수 있었는지 '우물 안 개구리' 신세가 역력했다. 지금도 그 자부심을 그냥 지니고 있는 시인이 상당수 있는 걸로 알고 있지만.

지난 '92년에 일본의 민주1세대를 대표하는 시인 다니카와와 대담한 일이 있다. 그때 일본 현대시의 세계적 수준에 대한 나의 물음에 그는 조심스레 대꾸했다. "연시(連詩)를 국제적인 시인들과 어깨를 나란히 하여 시도하고 있는데 작품수준이 결코 손색이 없는 걸로 봐서 세계적 수준에 도달해 있다고 본다"고

그러고 보면 이 땅의 일부 시인들이 국제적인 시인들과 어깨를 나

란히 하기는 고사하고 그들과의 실작을 제대로 비교도 안 해보고 세계
적 수준을 자부한다는 것은 아무래도 자가당착(自家撞着)일 수밖에 없는
것이다.

최근 중국에서 펴낸 세계시인 앤솔러지를 본 일이 있다. 구미(歐美)선
진국은 물론, 아시아 각국이 망라돼 있었는데 아시아에선 일본 시인이
단연 많이 수록돼 있었다. 유감스럽게도 '한국'난은 없었고 '조선'난에
고작 몇 사람 들어 있었는데 그것도 옛 시인이 대부분이고 현대시인은
단 한 사람뿐이었다. 즉 최치원(崔致遠), 이규보(李奎報), 이재현(李齋賢), 윤
선도(尹善道), 정약용(丁若鏞)에다 조기천(趙基天)이 끼어 있었다. 작품 「백
두산」을 쓴 조기천(1913~1951)이 38세에 요절한 사실을 처음 알았다.

1989년 이후의 세계적 격변(激變) 속에서 우리는 중국대륙과도 교류를
도모하고 있다. 날마다 많은 관광객이 몰려가고 있는데도 이 땅의 시
인 소개 하나 제대로 안 돼 있는지, 아니면 그들 나름의 세계수준에
오른 시인이 이 땅에는 없다는 뜻인지 도무지 갈피를 잡을 수가 없다.
이쯤 되니 구미제국의 소위 권위 있는 세계시인 앤솔러지에 우리 시인
을 끼워줄리 만무하다는 생각이 든다.

근년에 와서 문예진흥원에서는 적잖은 번역비와 출판비용을 들여
몇몇 저명시인들의 작품을 여러 나라 말로 번역한 걸로 알고 있는데
그것이 얼마나 현지에서 출판되고 현지 시인들과 독자들의 호응을 얻
고 있는지 궁금하다.

작금에 일본 오자와(小澤) 서점에서 『20세기의 시인』을 시리즈로 묶
어낸 일이 있는데 19권 째 『앙리 미쇼 시집』을 받아보고 나는 좋아했
다. 앙리 미쇼의 시를 좋아해서만이 아니라 책 표지에 두른 띠를 보고
서 '드디어 우리 시가……' 하고 쾌재를 불렀던 것이다. 20권 째의 『마

리노엘 시집』 이후의 제임스 조이스(21번째)와 서정주(22번째) 시집의 속간 예고가 나와 있었기 때문이다.

그런데 일 년이 훨씬 넘도록 속간이 안 되기에 직접 알아봤더니 번역상의 문제로 지연이 된 듯하다. 조이스를 봉쥬로 대체하고 예정대로 『서정주 시집』이 나온다는 반가운 소식이다.

어떤 작품이 수록됐는지 아직은 알 길이 없지만 20세기를 대표하는 시인들의 대열에 이 땅의 시인이 끼어들었다는 사실은 우리의 긍지를 얼마간 살려준 셈이 된다. 그런데 문제는 속간이 주춤했던 번역상의 문제인데 번역 그 자체보다 번역 대상 작품 선정에 더 문제가 있을 듯하다. 즉, 우리의 고정관념으로 높이 평가되고 있는 시가 다른 나라에서 반드시 그렇게 평가되리라고는 기대할 수 없는 것이다. 외려 국내에서 묵과되다시피 한 것이 때로 번역을 통해 새삼 평가를 받는 경우가 있다 보면 우리의 시에 대한 고정관념에 문제가 있는 게 아닌가도 생각된다.

이를테면 삼계인연설(三界因緣說)이나 신라(新羅)정신을 들머인 설화(說話) 같은 시, 운율만을 고집하는 자아도취의 시라든가 수사적인데 치우친 넌센스의 시가 어찌 번역의 체를 거쳐 원시의 패턴을 제대로 살려낼지 의아스럽기만 하다.

차라리 번역에 적합한 시는 의미성이나 비평성이 있는 것일는지 모른다는 생각이 든다.

이 땅에는 아직도 노래하는 시만이 진짜 시이고 생각하고 비평하는 시는 시가 아닌 것(非詩)으로 여기는 풍조가 지배적이다. 다시 말하면 비평성 없이 쓰여지는 시가 아름다운 시라고 감동하면서 황홀해 있는 듯 한 느낌이 없지 않은 것이다. 그래서인지 천편일률적으로 시를 영위하는 시인도 적지 않다. 데뷔작이 곧 대표작이어서 평생토록 그 톤에 사로잡혀 기생하고 있는 실정이다.

세상이 불안해서 수사적이거나 운율적인 것이 잘 받아들여지지 않는 시대에 들어섰는데도 여전히 태평성대의 가락을 읊조리고 있는 것이다. 이렇듯 비평성이 결여된 시인일수록 특정한 정치조직의 간섭을 받는 것을 마다하지 않는다. 그들의 구미에 닿도록 권력자의 오마쥬(頌歌)까지도 서슴지 않고 쓰고 있는 것이다.

제 2차 세계대전 때 식민치하의 이 땅의 저명시인들은 전쟁협력의 시를 쓰고도 이렇다 할 반성이나 비판을 받음이 없이 넘어가버렸지만 막상 제나라를 위해 전쟁 협력의 시를 쓴 다카무라(高村光太郎)는 자신의 아둔함을 힐책하며 산속 오두막에 틀어박혀 참회록 『암우소전(暗愚小傳)』을 썼다는데 이 땅의 오마쥬 족(族)들은 반성의 기미는 고사하고 외려 시치미를 떼고 매스컴 타기에 더 열중해 있다. (다카무라는 국민들이 다시 불러내어 작품을 쓰게 만들었는데 그는 지금도 일본현대시의 아버지로 존경받고 있다).

진정 우리 시인들도 사는 법부터 생각할 때인 것 같다. 시인이란 명칭은 직함도 존칭도 아니다. 명예도 자랑거리도 못 된다. 분명 현대를 사는 희귀종인 것만은 확실한데 시를 쓰다가 죽기를 소망하는 족속일 따름이다.

이제 우리 시가 세계적이 되려면 안이하게 세계적 수준을 운운할 게 아니라 우리의 시야부터 넓혀야 할 일이다. 그리고 시의 행동거지도 확대시켜야 할 것이다. 그 뿐만이 아니다. 당분간 노벨상 욕구는 접어두는 게 좋을 듯하다. 21세기에 들어서서 슬슬 들먹거려도 늦지 않다.

　몇 해 전 어느 여류작가의 작품을 노벨상 후보에 올렸다고 해서 매스컴이 떠들썩한 적이 있었는데 6백 명이나 올라오는 그 속에 내세워졌다고 자랑할 게 뭔지 알다가도 모를 일이다. 최종적으로 몇 사람 남는 데 끼어들 때 비로소 왁자지껄할 일이 아니겠는가.

　그게 진짜 노벨상 후보이며 바로 세계적인 수준이니까.

'쥐'가 맺어 준 인연

　나의 생애에 돈독히 사귄 시인은 몇 있지만, 다른 분야에서 깊은 정의(情誼)를 나눈 사람은 단 두 사람뿐, 화가 이중섭씨와 작곡가 변훈씨가 바로 그들이다. 이중섭씨는 동난(動亂)때 단명으로 세상을 떠났지만, 변훈씨는 신구세기(新舊世紀)가 엇갈릴 때 이승을 하직했다.

　어느 날 내가 명동의 어느 다방에서 「쥐」를 낭독하게 된 것이 인연이 되어 변훈씨를 알게 되었다. 당일은 상면을 못하고 지나쳐버렸는데, 후일 난데없이 날아든 전화에 깜짝 놀랐다. 「쥐」를 작곡했으니 자택으로 들으러 오라는 것이었다.

　그때까지 나는 작곡이 되려면 별도로 작사를 해야만 되는 걸로 알고 있었는데 이게 웬일, 자유시 「쥐」가 어떻게 작곡이 될 수 있느냐고 반문까지 하고 나섰지만 아무튼 호기심에 일단 초청에 응하기로 했다.

　댁(宅)은 한강물이 내려다보이는 곳이었다. 처음 대한 변씨는 거구의 호한(好漢)같아서 어쩐지 마음이 끌렸다. 음악에 문외한인 나였지만 변씨가 부인의 피아노 반주에 맞춰 노래하는 것을 들었다. 「쥐」에 곡까지 붙이니 해학과 풍자가 넘쳐나서 유머까지 동반하여 아이러니가 한껏 되살아난 것을 의식하게 되었다.

나의 졸시(拙詩)가 작곡되기는 이것이 처음이지만 음률이나 정형(定型)에 상관없이 소위 현대시에 작곡된데 어안이 벙벙했다. 음악평론가 서우석 씨가 어느 일간지에다 한국 가요 중 특이함을 느끼는 것으로 변훈씨의 '명태'와 '쥐'를 들먹이며 음풍농월(吟風弄月)의 감상적 가곡에서 벗어난 것으로 한국 가곡에 새로운 활력을 넣을 수 있는 것으로 평가한데 놀랐다.

가곡 '쥐'는 그 후 몇 차례 발표회도 가졌고 '한국명곡집2' 속에 수록되어 있어 속이 울적할 때는 이 판을 듣곤 했다.

변훈씨는 공식적인 발표회 모임에서는 어쩌다 만났지만 사적으로 단 둘이 만난 것은 한 번밖에 없었다. 음악이나 시와는 상관없이 한나절 같이 산책한 것이 엊그제 일처럼 생생하다.

내가 통일로변의 월롱에 거주하고 있을 때 하루는 금촌 교외의 운정(雲井)이란 곳에서 만나 정처 없이 떠돌아다니다 끝내 허름한 주점에 들러 막걸리를 사발로 들이키며 배도 채우고 기분풀이도 하였다.

결국 우리는 역에서 만나 역에서 헤어졌지만 이날의 추억을 되살려 나는 한편의 시에다 담아보았다. 이번 변훈씨의 작곡집 출간에 즈음하여 첨화(添花)하는 기분으로 이 시를 곁들이는 바이다.

운정역(雲井驛)에서

운정에 눈 내리다.
3월의 寒驛은 차라리 진흙탕
동행인 작곡가 변훈氏는
페째르부르그의 가을날 옷차림이다.
우리는 막거리 한 사발로
목을 축이며

시장기를 달래고
눈발 속에서
神의 열차를 기다렸다.
上行은 14시 8분,
下行은 14시 19분
우리는 어차피
세치의 거리를 두고 헤어질 수밖에 없다.
나는 담배 한 대 더 피우고
떠날 것이다.

　변훈씨의 뒤를 따라 담배 한 대를 더 피우고 떠나겠다던 나는 요즘
담배를 끊고 좀 더 버티어 보느라 안간힘을 쓰고 있다.

2004년 여름

양(羊)의 해를 맞아

－외유내강(外柔內剛)과 외강내유(外剛內柔)의 경우

  21세기 첫 정권이 들어서는 계미년(癸未年)은 바로 '羊의 해'. 지금까지 나의 생애에 여섯 번째의 '羊의 해'를 맞았지만 네 번째와 다섯 번째에는 羊에 관한 신년시를 썼기 때문에 이 해가 매우 인상적으로 기억에 남아 있다. 욕심 같아서는 한 번 더 맞을 기회를 가졌으면 싶은데……?

    양은 유순하다 하지만
    성깔이 있다
    뿔은 있어도 다만
    우여곡절의 모양일 뿐
    턱에 수염을 달았어도
    한번도 기고만장해 본 적이 없다
    끌려가듯 힘없는 걸음걸이어도
    몇구비 준령을 넘어
    목자처럼
    선한 일만 물어오는 羊아

전세기 91년에 쓴 「또다시 羊에게」의 일부이다. 여기에서 나는 羊의 성깔을 통해 공직에 종사하는 일꾼들이 본받아야 할 점을 생각해 보았던 것이다.

지금까지 살아오는 동안에 나는 정치 빼놓고 다 해본 셈인데……. 이를테면 초등학교 준교사로 시작해서 6·25 참전용사, 신문사·잡지사·방송국, 공무원, 은행원, 그리고 대학교수까지 역정을 거듭한 셈인데 지금 돌이켜 생각하면 직업에 따라 얼굴이 달라져야 함을 실감하게 된다.

그럼 공직자는 어떤 얼굴이어야 하는가, 라고 물어온다면 나는 서슴지 않고 외유내강(外柔內剛)을 들먹일 것이다. 그런데 요즘의 공직자는 그렇지가 못한 것 같다. 무릇 대인관계가 엄해 보인다. 특히 첫 대면자에게 그러하다. 정에 이끌려 일 처리를 잘못할까봐 그러는지도 모르지만 일반인은 관리를 암행어사 대하듯 하는 것 같다.

어느 시인이 이런 말을 뇌까린 것을 기억한다. 관청에 가서 기자라면 벌떡 일어나 친절을 베푸는 데 시인이라 하면 거들떠보지도 않더란다.

하긴 시인이라면 가난한 이단자(異端者), 넋두리꾼, 대인 관계에 이렇다 할 영향을 미치지 못하는 존재로 알려져 있기 때문인지도 모른다.

글을 써도 당장 시시비비를 가리는 글쟁이 앞에서는 굽신거리기 마련인데 혼자 중얼대듯 하는 시인은 상대할 대상에서 소외돼 있는 듯. 이런 관점에서 일반 사람에겐 인적사항을 살펴본 다음에 용건을 따지기 일쑤인데 일이 잘될 것도 같고 안 될 것도 같은 게 관청일이다.

신중을 기하느라 그러리라고도 할 수 있는데 반드시 그렇지만도 않은 것 같다.

여기에서 羊에게 배워야 할 것이 부각된다. '유순하지만 성깔이 있는' 바로 그 점이다.

크게는 국가와 민족을 위해 적어도 지역과 백성들을 위하는 일이라면 서슴지 않고 나서는 그런 성깔이 필요하다. 즉 羊의 자태와 성깔이 바람직하다는 것이 나의 생각이다.

다시 말하면 공직을 맡은 사람일수록 외유내강(外柔內剛)이어야지 외강내유(外剛內柔)면 독직에 사로잡히기 쉬울 것 같아 하는 말이다.

이와 같은 관점에서 공직을 맡은 사람은 외유내강(外柔內剛)이어야 하고, 사사로운 일에 더 신경을 써야 하는 학교 훈장이나 가정의 부모들은 제자나 자식들에게 외강내유(外剛內柔)이어야 한다고 믿고 있다.

이 공(公)과 사(私)가 뒤바뀔 때 혼돈과 물란이 야기되며 부정과 부패가 싹트기 마련이다.

羊의 해를 맞아 명예도 권세도 지위나 재물도 가진 것 없는 한갓 외톨박이 은둔자의 헛기침 같은 넋두리를 새삼 되새겨 주길 바라는 '羊의 해'가 되었으면 한다.

매명(賣名)이냐 작품이냐

언젠가 시문학상을 제정한 모처에서 수상 후보자를 선정해 달라는 요청을 받았다. 흔히 있는 일은 아니지만 대상 시집명과 이름을 밝히면 그만인 것을 게다가 한마디 사족까지 달아서 보냈다.

그 사연인즉 "작품보다 명성이 높은 시인이 있는가 하면 작품이 좋은데 별로 알려지지 않은 시인도 있다"고 전제하면서 나는 후자에 속하는 시인을 천거한다고 했다.

이 제안을 받아들여져서 그리 됐는지 아니면 우연의 일치인지 알길 없지만 아무튼 내가 천거한 시인한테 상이 돌아간 사실을 실무 책임자로부터 직접 듣게 되어 흐뭇했다.

하기야 이름은 매명(賣名)으로 인기가수만큼 알려져 있는데 이렇다 할 작품이 보이지 않는 시인이 있는가 하면 별로 알려지지 않은 시인 속에 남몰래 좋은 작품은 써내는 숨은 시인도 있다는 걸 독자는 알아야 할 것이다.

작품이 좋아 이름이 마냥 알려지는 건 바람직한 일이지만 작품보다 행동으로 자신을 나타내려 하는 데는 아연하지 않을 수 없다. 실상 쓴다는 것은 명성 취득이나 인기와는 상관이 없는 일이라 생각한다. 자기표현을 위해 한껏 절규나 절창을 일삼아 보니 그 소리에 귀 기울이고 눈여겨보는 사람이 생기는 것은 어쩔 수 없는 현상이다. 이것이 진정한 독자인 것이다.

포에지의 공감대 형성 없이 이름만 알리려 든다면 차라리 쇼맨이 되어 사람들의 시선을 끌어 모을 일이다. 하지만 시는 남이 알아주든 말든 어쩔 수 없이 드러내는 은둔자의 심경의 발로 같은 것이 아닌가 싶다.

지난 11월호 일본의 문예지 ≪文藝春秋≫의 권두 에세이에서 절로 입이 벌어지는 대목을 만났다. 어느 시인이 쓴 「鎌倉 가루타」라는 글 속에 일본의 유명작가 시인 예술가들의 산실이라 할 수 있는 '가마쿠라'에서 하이쿠(俳句)놀이 행사를 벌인 데 대한 감상문이었다.

응모작품이 5천점 가까이 있었던 모양인데 (하긴 5·7·5조의 17자의 일반화된 것이라 응모작품이 많았을 것임) 입선작 가운데 최연장자가 97세, 최연소자가 9세라나. 이쯤 되면 이들은 명성을 얻기보다 자기 나름의 경지를 한번 펼쳐보려는 데 그 목적이 있는 것 같다. 좀 무리한 작업이긴 하지만 두 사람의 작품을 우리말로 옮겨보면

염불을 하는 소리 밝게 개이는 고오메이지 (光明寺)

큰 은행나무 쳐다보는 돌계단 하찌망구우 (八幡宮)

위는 백수(百壽)를 다해가는 노인의 것 「光明寺」이고 아래는 막 초등학생이 된 애숭이의 것 「鶴岡八幡宮」이다. 나이의 격차도 격차지만 97세에 해탈의 경지를 넘보는 심사와 어린 나이에 어려운 한자를 용케 소화하고 있는 사실 앞에서 새삼스레 우리 주변을 살펴보게 된다.

이쯤에서 나는 90년대에 들어서서도 여전히 월평을 쓰고 있는가 하면 80세의 여성시인이 자기보다 연하의 이국시인에게 시의 스승이 되어달라고 간청한 사실 등을 생각할 때 분명 시는 명성 때문에 쓰는 것이 아님을 실감하게 된다.

몇 해 전 60대에 접어들었다고 동인회를 해체하는 모임에서 한마디 핀잔을 준 일이 있지만 진작 나는 회갑(回甲)을 맞으면서 오래도록 손을 대온 월평을 그만둬버린 자신이 마냥 겸연쩍기만 한 요즈음이다.

노벨문학상 주변 얘기

올해 노벨문학상이 무명의 헝가리작가 임레 케르테스에게 돌아갔다는 소식을 지난 호 본지 편집후기를 통해 알았다. 워낙 알려지지 않은 작가라서 그런지 별로 화제에도 오르지 않고 있는 듯하다.

중국 출신의 시인 베이다오(北島)는 10여년 동안 스웨덴 주변을 떠돌며 이 상에 잔뜩 눈독을 들이고 있는 모양인데 하긴 최종후보에 오른 적도 있다니 그럴 법도 한 일이지만 한발을 더 내딛지 못하는 그가 측은하기만 하다. 그와는 1990년 이 땅에서 개최되었던 세계시인대회 때 만나 이야기를 나눈 적도 있다. 마침 중국문학을 전공하는 자식이 내 곁에 있어서 대화가 가능했지만 시간에 쫓겨 시 이야기까진 못했다.

실상 나는 그의 시세계를 좀 알고 있다. 일본에서 『세계현대시문고 ⑬』으로 펴낸 것을 당시 편집에 관여한 교포시인이 나에게 보내왔기 때문이다. 이 책의 띠지(紙)글을 쓴 오오카 마코도(大岡 信)는 베이다오의 시에 대해 "현대 중국시의 가장 창조적인 첨단에 자리하고 있다. 명상적이면서 대담한 발상이 낳은 은유는 다의적인 풍만함, 그의 사람됨과 마찬가지로 매력적이다. 중국의 현실에 피할 길 없이 깊이 뿌리박으며 철저하게 자기 속 깊이에서 나는 소리를 지속시키고 있는 시, 국제적

으로 인기가 높은 것은 당연하다"고

이처럼 국제적인 높은 평가를 받고 있으면 노벨상을 받아도 됨직한데 너무 떠들썩하게 군 게 반작용을 일으켰을지도 모른다.

'94년에 노벨문학상을 수상한 일본의 오오에 겐자브로(大江健三郎)는 스웨덴을 자주 방문했지만 그곳의 일본 교포들이 그의 저서를 번역 출판해 주는 바람에 그곳 독자에게 많이 읽힌 것이 수상에 도움이 된 듯하다.

베이다오는 1949년생이니까 아직 50대 초반이니 서두르지 않아도 수상의 기회는 얼마든지 있다. 그러니까 40대부터 설친 셈인데 이번 수상자처럼 남모르게 하는 작업이 더 소중해 보인다.

앞서 나는 떠들썩하게 군다는 말을 했지만 이 땅에서는 흔히 그런 현상을 보게 된다. 펜클럽의 후보추천을 받았다고 매스컴을 타는 것 그 자체가 계면쩍다.

우리나라에서는 펜클럽 한국본부 한 곳만이 추천권을 받는 모양인데 일본만 해도 개인한테까지 추천의뢰가 온다는 것, 한두 사람이 아닌 몇 사람에게 말이다. 북유럽권의 문학을 전공한 교수나 문인이 그 대상이 되는 듯하다.

일전에 아일랜드문학을 전공한 일본의 어느 시인한테서 서신과 함께 1979년 10월에 1980년 노벨문학상에 후보추천을 의뢰한 스웨덴 아카데미 노벨위원회의 메시지 사본을 받은 일이 있다. 그가 근래 이 상의 후보추천위원인 것을 암시하는 듯했다.

메시지 내용을 중역(重譯)해 보니 "……스웨덴 아카데미를 대신해서 노벨위원회 1980년의 노벨문학상 후보를 당신한테 추천받는 것을 영광으로 여깁니다. 추천하는 간단한 이유가 있으면 좋겠습니다만 꼭 필요한 것은 아닙니다. ……추천을 받은 사람을 생각한다면 그분의 이름은 공개되지 않도록 해 주십시오”로 되어 있다.

이런 내용으로 미루어 보건대 후보추천을 받았다고 공개적으로 떠들어대는 것도 그렇지만 매스컴에까지 올리는 것은 삼가야 할 것 같다.

프랑스의 대시인 앙리 미쇼가 83세(1982년) 때 이 상의 유력한 후보에 올랐었다는 사실은 근래 그의 시집을 번역한 사람이 연보를 작성하면서 삽입한 듯하다.

사진 찍히는 것까지도 싫어했던 미쇼가 저승에서 이 사실을 알면 얼마나 노발대발할까 싶다.

뒤진 번역문학과 비교문학

과거, 우리 시의 세계적 수준을 이야기할 때 수준 위·아래를 논한 시인의 이름은 지금도 똑똑히 기억하고 있다. 전자는 감정유로의 전통적 서정시 계열의 시인이고 후자는 모더니즘의 영향을 받은 그런대로 세계시의 흐름을 가늠하고 있는 시인이었다.

번역문학이 발달되지 않는 이 땅에서 어떻게 세계시의 흐름을 알 수 있겠느냐는 문의가 닥치기 전에 이 시인은 세계에서 가장 번역문학이 발달된 일본을 통해 그걸 보고 있었던 것이다.

낙후된 번역문학의 얘기가 나온 김에 또 하나 뒤떨어졌다기보다 거의 찾아볼 수 없는 장르가 있다. 비교문학이 그것. 누구나 초기의 작품 행위에는 선배나 스승 또는 해외문인의 영향을 받게 마련인데 이 땅에서는 비교문학이 부재하다시피 되어 있어 모두가 바위틈에서 나온 손오공(孫悟空) 모양의 행색을 하고 있다. 자기 스승을 밝히는 시인은 거의 찾아볼 수 없다. 어쩌다 R.마리아 릴케를 들먹이며 영향 받은 것을 시사하는 시인은 간혹 있긴 하다.

우리 시사에 가장 사랑받는 시인 김소월의 경우 스승은 김억으로만 알려져 있지만 이들이 일본 유학시절 영향 받은 이국시인에 대해서는 언급되지 않고 있다.

한편 이상이나 김기림만 해도 일본의 ≪시와 시론≫(1928~1933)지의 전위파 내지는 모더니즘시인과 시론가들의 영향을 받았으며 현역시인 가운데도 이들한테 영향 받은 시인이 없지 않다는 것을 솔직히 인정해야 한다.

영향은 모방이 아니다. 하나의 독특한 흐름을 받아들여 더욱 발기하는 일이다. 좋은 부모를 만나 더 좋은 자식이 되듯이.

그리고 보면 이 땅의 번역문학이 신통치 않고 비교문학이 거의 이루어지지 않고 있는 실정에서 우리시의 수준을 운운한다는 것은 한갓 공염불일 뿐더러 낙후의 진흙탕을 헤매고 있다고나 할까. 더욱이 수준 이상을 말한 시인은 몽상가의 넋두리로밖에 볼 수 없다.

지난 세기말에 일본의 민주 1세대의 대표시인이라 할 수 있는 다니카와하고 서너 번 만난 일이 있는데 한번은 어느 지면의 요청으로 그와 대담한 적이 있다. 그때 나는 일본시의 세계적 수준 여부를 문의하자 그는 매우 조심스레 대꾸해 왔다.

세계 도처의 이름 있는 시인들과 연시(連詩)를 하고 있는데 자기들의 시가 그들보다 뒤진다고 여겨지지 않기 때문에 일본시의 세계적 수준을 의식하게 됐다고 말한다. 이쯤 나오니 가타부타 할 것 없이 나는 부러운 눈으로 그를 바라보았다.

근래 이 땅에서도 작품의 번역 사업이 활기를 띄기 시작한 듯 한데 남의 것을 받아들이기보다 우리 것을 내미는 데 더 전념하는 것 같다. 진작 일본의 고급문화 발전에 크게 기여한 이와나미(岩波茂雄)의 전기 두 권을 읽은 기억이 있는데 그는 팔리는 책보다 좋은 글을 내는 데 더 집착했다.

끝내 그는 좋은 작품을 쓴다는 병환 중의 작가를 찾아가 작품을 받아내기 위해 시중을 들어주다가 먼저 생을 마감하기도. 참 어처구니없다기보다 출판정신의 참모습을 만난 듯하다.

부러진 세 가닥 대들보

-구상 · 김춘수 · 이형기

지난 2000년 6월, 필자는 15번째 시집『이 한마디』를 출간하면서 이 속에 수록된「續·詩로 쓴 詩人論」에 대한 언급을 다음과 같이 한 바 있다.

> 70년대 후반에 필자는 시로서 시인론을 쓴 바 있다. 이「詩로 쓴 詩人論」이 그것이다.
>
> 당시 생존 시인을 중심으로 19명을 다룬 바 있는데 오늘날 구상·김춘수·이형기 세 사람만 남고 모두 작고했다.
>
> (중략)
>
> 이제 다시금 우리 시단의 대들보 역할을 해온 50년대 시인들을 중심으로 ‘續·詩로 쓴 詩人論을 엮어본다

그런데 이 시점에서 되돌아보니 그 후 반년 남짓 사이에 앞에 든 세분이 잇달아 우리와 등을 돌리고 말았다.

21세기 한국시단의 귀한 대들보들이었는데 훌쩍 가버리다니 아쉬움에 못 이겨 이들의 별로 공개되지 않은 종적이나마 더듬어 보기도 한다.

1) 구상(具常) 시인의 본적과 본명

구상 시인에 대해선 평소 같은 월남자의 입장에서 흔히 언급한 바 있지만 작고 후엔 계간지 ≪시인 세계≫ 2005년 봄 호에 이중섭 화백과 더불어 추모시를 곁들여 교접 과정을 언급했을 뿐이다. 여기에서 미처 언급하지 못한 것을 보완하는 심정으로 몇 가지 적으련다.

대체로 구상 시인 하면 '구상'을 본명으로 인지하고 있는데 호적에는 '구상준(具常浚)'으로 되어있는 모양이다. 엄밀한 의미에서 '구상'은 아호이자 필명인 셈이다. 가톨릭 성당 일을 돌보는 선친께서 늘 깊게 갖추고 있으라는 뜻에서 이렇게 명명한 듯하다.

또한 구상 시인을 언급하는 언론이나 필자는 한결같은 그의 고향을 '원산'으로 못 박고 있다. 그곳에서 1947년에 38선을 넘어 월남했기 때문이다. 그러나 사람의 탄생지를 고향으로 여기는 우리의 습성으로 치면 여기에 문제가 생긴다. 구상 시인의 탄생지는 원산이 아니기 때문이다.

예전에 구상 시인한테 직접 들은 이야기지만 서울에서 태어나 네 살 때 부친을 따라 원산 교외에 있는 덕원수도원으로 옮겼다고 했다. 이곳에서 가톨릭 계열의 초·중교를 마치고 일본에 건너가 대학을 다녔는데 이때 이중섭 화백을 도쿄에서 만나 사귄 걸로 알고 있다.

나는 고향 원산에서 구상 시인을 직접 대한 일은 없다. 그의 후배이자 시 지망자로 나보다 몇 살 위인 황인호 씨가 곰곰이 일러주어 알았을 뿐이다. 이 사람 끝내 시인 타이틀을 거머쥐지 못한 채 30대에 삼척 탄광촌에서 사망한 걸로 알고 있지만 윤용하 작곡의 '바위고개 언덕을 혼자 넘으니……'를 그가 작사했다는 소문은 들은 바 있다.

해방직후 한글로 습작한 나의 첫 번째 시작(詩作) 「가을」을 그가 퇴
고해준 사실을 기억하고 있다.

    뒹구는 도토리 소리에
    가을은
    맑은 공기 속에 스며들어
    언덕위에 하늘 푸르르다

    갈수록
    야위어 가는 나뭇가지는
    용사의 총부리마냥
    날카로이 하늘을 찌르고

    五穀은
    떠도는 구름아래
    황금의 미소를 이룬다

    넓은 들에
    농부의 낫이 가벼히 춤추고
    食味에 눈뜨는 아이배는
    먹기 전에 요동한다

이 시의 마지막 구절 '장난꾸러기 아이배'를 '食味에 눈뜨는 아이배'
로 그가 손봐주었다.

구상 시인이 1947년 북에서 줄행랑을 친 것은 너무도 잘 알려진 향
토시인들의 앤솔러지 ≪凝香≫ 시집 사건 때문이다. 이 일만 없었다면
한국전쟁 때 피난민 대열 속에 자연스레 끼어들었을지도 모른다. 나와
는 직접 상관이 없으면서도 이 앤솔러지 사건이 평양의 대학을 그만두

게 만들었고 구상 시인을 따라 일 년 뒤인 1948년에 한탄강을 넘어서게 했던 것이다.

구상 시인에 대한 정계의 유혹도 만만치 않았던 것 같다. 몇 억을 선거자금으로 대줄테니 국회의원으로 출마하라는 권고도 있었던 모양이다. 남들은 돈을 써가며 공천해 달라고 야단법석인데 돈을 줄 테니 나오라는데도 굳이 사양한 모양이다. 상술이 있는 사람이라면 이런 기회가 한 밑천 잡을 수 있는 처지가 되었을 텐데……

몇몇 저명한 시인 가운데 대통령 취임 찬가를 쓴 오마쥬족이 있긴 하지만 구상 시인은 이에 가세하지 않았다. 월남직후 운남(雲南) 이승만 대통령에게 자유대한에 충성을 기약하는 헌시를 한 적은 있지만.

오마쥬 이야기가 나온 김에 말이지만 나에게도 막 취임한 대통령에게 올리는 찬가를 써달라는 어느 언론사의 청이 있었지만 그런 것 쓸 줄 모른다고 사양했더니 칭송하는 한 마디만 있어도 된다고 재차 간청해 왔다. 끝내 묵살하고 말았지만. 그리고 보니 K당의 당가 제작 요청도 사양했고 당의 기관지 편집장 자리도 거절하다보니 경제, 문화, 사회, 도처에 굴러다니면서도 정치에만은 얼씬거리지 않았다. 대면을 한 정치가는 나의 결혼 주례를 서준 조병옥 박사와 교통부장관 취임사를 써준 박해정씨 뿐이다.

이와는 대조적으로 구상 시인은 정치인들이 눈독을 들일만한 존재였던 것 같다. 그들과의 만남에서 그는 버슬자리를 강 건너로 띄어 보냈으니 한담을 즐긴 듯 한데 그 속에 은근슬쩍 메시지를 담곤 했던 것 같다.

2) 처음 대한 대여(大餘)의 한역 일본시

무의식의
언어 마술사랄까

어쩌다
정치적 타협의 흔적이 있긴 해도
孤高一邊倒의
고집스런
발자취

동·서·남해의
물굽이가 합치는 統營 바닷벌에서
靑馬마냥 치솟은 20세기 우리 시단의
또 한 줄기
소용돌이랄까

이 「언어의 마술사 가다」라는 추도시는 계간 ≪문학과 창작≫(2005)
봄 호에 발표한 것이다.

대여(大餘) 김춘수 시인과는 가깝지도 멀지도 않은 거리에서 지켜보
는 사이였다고나 할까. 헤아릴 수 있을 정도의 만남은 대체로 공식적
인 회합에서였고 사적인 만남은 거의 없다. 하긴 6·25전쟁 때 방위장
교로 통영에 있는 예비사단에 부임하여 청마(靑馬), 초정, 이영도 여사
는 만날 수 있었지만 대여(大餘)만은 인연을 맺을 기회를 갖지 못했다.
대신 시와 시를 논한 글은 이따금 대할 수 있었다.

김춘수시인의 시평 중에서 가장 나의 관심을 끈 것은 1964년 ≪文
學春秋≫에 수록된 「上半期의 作品評」이었다. '화재를 찾아서'라는 타
이틀로 많은 시작(詩作)을 논하고 있었는데 특히 필자의 「석쇠」 김종삼

의 「나의 本籍」 김수영(金洙暎)의 「우리들의 웃음」이 중점적으로 다뤄져 있었다.

　나의 작품도 표적의 하나가 되어 있어서 비상한 관심을 기울여 왔지만 그의 시평집 속에서 누락되어 있어 고개를 갸웃거리고 있다. 그는 시평 속에서 나와 박목월 시인을 비교해서 논한 대목이 지금도 뇌리에 박혀있다. 즉 "박목월 씨도 언어와 이미지에 민감한 편인지만 김광림씨만큼 결백하지는 않다. 그리고 실패한 경우거나 성공한 경우거나 박목월 씨의 언어와 이미지에는 어딘가 상식적이고 리얼리티의 강도(强度)가 약한데 비하면 김광림씨의 그것들은 실패와 성공을 고사하고 실험적이고 적극적인 데가 있다. 김광림씨는 우수한 시인이 가진 자질(資質)은 가지고 있다고 생각되나 위대한 시는 단 한편인들 써낼까. 지금으로는 의심이 간다. 지나치게 유미적(唯美的)으로 기울어지고 있고 또 품격도 볼 수가 없기 때문이다. 그러나 김광림씨의 시는 박목월 씨보다도 훨씬 조형적(造型的)이다."라고 한 말이.

　김춘수시인이 외국시인의 작품을 우리말로 옮긴 것은 거의 없어 보인다. 그가 외국시인 것을 소개한다면 일본시인의 것이 될 텐데 그것도 자기 취향에 맞거나 자신이 영향 받은 시인의 것을 다뤄야 할 텐데 왠지 선뜻 나서려 하지 않은 듯하다.

　만년에 민음사에서 세계시인선51로 펴낸 니시와키(西脇順三郎)의 『나그네는 돌아오지 않는다』를 보고 옳지 싶었다.

　남몰래 간직하고 있었던 시의 스승(?)을 이제 드러내는구나 싶어서였다. 이 『나그네는 돌아오지 않는다』는 제목은 셰익스피어 『햄릿』 제3막 제1장의 심한 염세관을 표출한 모노로그속의 'No Traveler returns'에서 따온 것이라는 설도 있다.

내가 여기에서 논하고 싶은 것은 시 번역에 관한 것이다. 진작 나도
『일본현대시인론』에서 니시와키를 논하면서 그의 작품을 몇 편 들먹였
지만 같은 작품을 놓고 김춘수시인과 나 사이에 공통점과 이질성이 드
러나 관심을 끌었다. 문제는 작자 자신이 처음 발표한 것을 후일 다시
손을 본데서도 차이는 생길 수도 있지만.

우선 제목의 '旅人かへらず'를 대여(大餘)는 '나그네는 돌아오지 않는
다'로 했고 나는 '나그네는 돌아오지 않네'로 옮겨놓고 있다. 다음에
인용하는 시의 제목 '天氣'를 그는 그대로 사용하고 나는 '날씨'로 고
쳐놓고 있다.

　　　天氣

(くつがえされた寶石) のような朝
何人か戸口にて誰かとささゃく
それは神の誕生の日

　　　天氣

(엎질러진 보석) 같은 아침
몇 사람이 문전에서 누구하고 속삭인다
그건 하나님 생신의 날

　　　날씨

(뒤집힌 寶石) 과도 같은 아침
어떤 사람이 문전에서 누군가 하고 소근거린다
그것은 神의 생일

부러진 세 가닥 대들보　143

이 두 번역시에서 결정적인 엇갈림은 '何人'에 대한 해석의 차이이다. '몇 사람'과 '누군가'로 나뉘어 있다. 이 시는 니시와키 시속에서 곧잘 인용되는 유명한 시인데 니시와키는 이 시가 이룩된 사정에 대해 다음과 같이 말하고 있다.

> 「天氣」는 어느 중세기 이야기의 삽화로서 유명한 화가가 그린 것에서 암시 받는 것으로 생각한다. 오늘날이면 루오가 선택할만한 그림제목이다. 그것은 어떤 고딕건축의 내부에서 창밖의 경치를 본 장면이다. 거기에는 어떤 지저분한 거리가 보이고 어떤 집 입구에서 뭔가 은근슬쩍 이야기하고 있는 두 사람이 있다. 그 집안에는 神인가 인간이 태어난 듯한 기분이 들었던 것이다.
>
> —『現代詩入門』에서

그러고 보니 이 시는 그런 환상의 시로서 비현실적 신화(神話)의 세계에 자리하고 있다고나할까. 비현실적·추상적인 시의 미적 세계를 전체로서 직각적으로 파악하면 된다고 말하고 있지만.

3) 이형기의 정통성(正統性)과 허구성(虛構性)

진작 서술해 온 나의 시론 시인론을 '70년대 시정신의 파노라마'라는 소제목으로『아이러니 詩學』을 '문학예술사'에서 출간한 것은 95년도 그러고 보니 나는 자비출판에는 엄두도 못 내고 이 책자만은 20여 년의 세월을 기다린 셈이다.

기왕에 말이 나온 김에 실토하지만 지금까지 낸 개인시집 15권과 평론집은 대체로 시기적절하게 출간되었다. 인세는 책으로 받아 기증본으로 삼았음으로 피차 이렇다 할 손·득은 없는 셈이다.

이 『아이러니 詩學』 속에 이형기 시인의 시 「肝斑」, 「誤診」을 다룬 시평이 수록되어 있다.

두 편 다 현대인의 병리(病理)를 테마로 다루고 있는데 여기에서 우리시가 지녀온 감정유로가 안보일뿐더러 논리적 서술까지 거부되어 있다. 허구성을 거느린 엉뚱한 사고끼리 맞닥뜨려 발생한 이념이 상호간에 이화수정(異花受精)을 이루고 있다 할 것이다. 여기에서 「肝斑」은 이를 구체적인 사상에서 제시하여 이화수정을 성공적으로 이룩한 것으로 간주된다.

　　　　배속에 沙漠 하나 들어앉아 있다

로 시작되는 이 시구에서 이형기시인은 '뱃속'과 '사막'이라는 전혀 이질적인 것을 폭력으로 결합시키고 있다. 이때 두 날의 이질적인 이미지가 거리가 먼 엉뚱한 것일수록 여기에서 색출되는 애널러지는 새롭고 강렬한 이미지를 이룩한다는 것을 그는 일러주고 있다.

　　　그때마다 내가 져다 메운 모래 한점
　　　모래는 드디어
　　　위장없는 뱃속을 사막으로 채운다

단순한 속쓰림을 거대한 사막의 상황에까지 비약 확대시킨 이 시인의 놀라운 상상력을 볼 수 있는데 이것은 아무래도 중국 한유(韓愈)의 '백괴입아장(百怪入我腸)'이라는 희한한 표현에서 영향받은 게 아닌가 싶다.

이렇듯 그의 시가 1927년에 서구에서 대두된 모더니즘 운동 가운데

다다와 쉬르적인 데까지 기웃거리면서 초기의 전통적 서정시의 기풍은
오간 데가 없어 보인다. 고교 때 《문예》지에 추천받은 「비오는 날」
을 보면

「오늘
이 나라에 가을이 오나보다

노을도 갈앉은
저녁 하늘에
눈먼 高話는 끝났더니라

한 색보라도 칠을하고
길 아닌 千里를
더듬어 가면…
푸른 꿈도 한나절 비를 맞으며
꽃잎 지거라
꽃잎 지거라

산 넘어서 네가 오듯
오늘
이 나라에 가을이 오나보다」고.

온화한 일상성의 정이 넘쳐나 있다. 일반 독자층이 애송하는 시도
남아있는데 앞서 필자가 든 두 편의 시는 『이형기詩 99選』에서 누락돼
있는 걸로 봐서 한 걸음 뒤진 시로 취급당하고 있는 듯하다.
필자는 이형기 시인을 모더니즘 계열의 시인으로 간주하고 싶은데
대체로 그를 이질적인 전통파 시인으로 간주하고 있는 듯하다. 일관되
게 꾸준히 시를 변용시켜 온 것이 아니라 당돌하고 조급하게 이질적

인 것을 부딪쳐서 애널러지를 색출하다보니 독자를 당황케 만드는 효과도 노린 듯하다. 하지만 선시집속에 수록되어 있는 시는 이런 요소들을 지닌 시 가운데서도 나의 공감대를 자아내는 시가 적지 않다. 그중 「폭포」라는 시는 나에게도 같은 제목의 시가 있어서 그런지 유달리 주목되었다.

　　그대는 아는지
　　나의 등판을
　　어깨서 허리까지 길게 내리친
　　시퍼런 칼자국을 아는지.

　　疾走하는 전율과
　　전율끝에 斷末魔를 꿈꾸는
　　벼랑의 直立
　　그 위에 다시 벼랑은 솟는다.

　　그대는 아는가
　　石炭紀의 종말을
　　그때 하늘 높이 날으던
　　한 마리 장수잠자리의 墜落을

　　나의 자랑은 自滅이다
　　무수한 複眼들이
　　그 무수한 水晶體가 한꺼번에
　　박살나는 盲目의 물보라

　　그대 아는가.
　　나의 등판에 폭포처럼 쏟아지는
　　시퍼런 빛줄기
　　그 億年 묵은 이 칼자국을 아는가

폭포를 자신의 등판에 어깨에서 허리까지 내리친 시퍼런 칼자국에
다 비유하면서 자신의 등판에 빛줄기가 폭포처럼 쏟아진다거나 '단말
마' '추락' '자멸' '맹목' 등을 들먹이며 전율의 극치를 자초하고 있다.
　이와는 대조적으로 나의 「폭포」는 절구질하는 여인에다 비유하여
사랑의 극치를 이루느라 해본 작품이다.

　　절구질하는 여인이여
　　찧고 찧어도
　　다하지 못할 땐
　　옷고름 풀어헤쳐
　　榮辱의 가슴팍 드러내라

　　맨살 비치는
　　속치마 바람으로
　　어느날 갑자기
　　와락 쓰러안기는
　　교태스런 계집이 되라

　이형기 시인은 나의 「詩로 쓴 詩人論」을 두고 진작 이런 말을 한
적이 있다.

　　'김광림의 시에는 카메라 아이 같은 일면이 있고 그것이 그의 중요한
　　특징을 이루고 있다. 카메라 아이엔 감정이 없다. 그리고 그것은 관념이
　　나 관념의 서술과는 무관하다. 그러니까 김광림은 감정과 관념을 배제하
　　고 이미지의 제시를 노린다는 이야기가 되는 것이다. 그 당연한 결과로
　　서 그는 인생론적 감개의 토로를 거부 한다'

　하지만 근래 막 발간된 『詩로 쓴 詩人論』(푸른사상사)에 의하면 ‘詩로 쓴 詩人메모’나 애도시 내지는 쇼킹한 면을 다룬 국내의 시인들에 대한 시에는 인생론적 감개가 강 건너에서 솟구치고 있는 것이 혹시 보일는지 모른다.

두 은인(恩人)과 한 원귀(冤鬼)

중학교 3학년 때의 일로 기억된다. 속옷을 찾느라 장롱을 뒤지다 보니 고이 간직된 나의 『사주(四柱)』 책이 나왔다. 한지에다 또박또박 붓글씨로 쓴 책인데 모두 한자여서 제대로 알아볼 수가 없었다. 이 책을 본 집안 어른들이 한결같이 "너 국록 먹을 팔자"라고 했다. 나라에서 녹을 먹다니…… 하고 대단한 걸로 알았는데 후일 취업을 하다 보니 공무원이 된 적도 있어 이거로구나 싶었다.

그건 그렇고 이 『사주』 책엔 73세까지만 기록돼 있고 다음은 백지였다. 그때만 해도 '인생 60'이라 할 때니까 꽤 오래 사는구나 싶었는데 막상 이 시점까지 다다르고 보니 이제 명이 다 됐는가 싶기도 해서 이런 글을 써 보았다.

소싯적
그러니까 식민지시대 말기
장롱 속 깊숙이 간직해 두었던
한문 붓글씨 책 한 권
꾀죄죄하게 손때 묻은
나의 四柱八字에

뭣이 國祿 먹을 신수
라고

하긴 그래
공무원 노릇도 좀 해보고
목에 훈장도 걸쳤으니
豫言 적중이라
이게 壬午年에 접어들면서
슬며시 겁나기 시작

73세로
四柱가 끝나고
八字의 행방이
杳然했기 때문

더더욱 노인성 피부염에 시달리면서
持病보담야 낫다고 여기면서도
……끝내 갈 데까지 다 간 게 아닌가
고 넋두리하자
허겁지겁 占장이한테 달려간
외동딸

……6년 이상은 문제 없대요

듣고 보니
오오라 그럴싸하이
婚事 전 거리에서 본 占卦가
이제사
슬슬 맞아들어 가는 모양
장가 두 번 갈 八字라는 말에
시무룩하던 신부감 아내되어

나보다 먼저 종적을 감춰 버렸으니

느긋하게 건네온
그 말이
다시금 실감나기 시작하는
요즘이올시다

이 시를 쓰면서 그 동안의 발자취를 일일이 다 더듬어볼 수는 없어도 크게 은혜를 입은 사람과 원한의 응어리로 남아 있는 사람을 일단 정리를 하고 싶어졌다.

내 생애 진짜 진짜 은인이라 할 수 있는 사람은 둘. 이들은 문단에 그다지 알려져 있지는 않지만 나름대로 문학에도 기여한 사람들이라 이들의 문학 훈풍 덕분에 오늘의 내가 있게 된 것이 아닌가도 싶다.

그리고 원한의 응어리는 내 생애를 통해 가장 굴욕적인 형벌을 가해 온 이름 모를 헌병의 가혹한 처사가 나의 시작(詩作) 생활에 견인불발(堅忍不拔)의 기개를 심어준 듯하다.

아무튼 『사주』 책에 밝혀진 나의 운명을 마무리 짓는다는 의미에서 이 글을 쓴다.

1

벌써 반세기 전의 이야기.

한국전쟁에서 최대의 격전지 백마고지 전투가 끝나자 9사단은 잠시 예비대로 있다가 다시금 저격능선에 투입된 적이 있다. 당시 대규모의 공방전은 없었지만 수색전과 포격전이 간단없이 지속되어 몹시 신경을 쓰게 했다. 이를테면 피차가 끈덕진 소모전을 벌이고 있었던 것이다.

29연대가 삼각고지 후방에 진을 치고 있을 무렵 내가 거느리고 있는 소대에 느닷없이 한 중령이 찾아들었다. 연대 참모가 몇 따라붙어 있었다. 키가 훤칠한 곧은 자세에 안경을 낀 평안도 사투리를 쓰는 그가 바로 새로 부임한 연대장인 것을 뒤늦게 알았다. 노도부대 정보참모 시절 단신 적진에 들어가 적병을 생포한 장교라는 소문이 돌았다.

그 후 저격능선에서 적과 소모전을 하는 동안 나는 습작을 게을리 하지 않았다. 나와 연락병의 배낭에는 시집과 문학 서적이 가득 들어 있었다. 이때 쓴 습작 시 가운데 하나가 「진달래」였다.

이 시에 대해서는 본지 전호에서 이미 언급한 바 있어 재론하지 않겠지만 아무튼 이 시가 새 연대장(문중섭)과의 인연을 맺어 주는 실마리가 되었다.

휴전이 성립되어 우리 부대가 철원 북방에 주둔하고 있을 때 사단 정훈부의 R대위가 연대에 왔다가 연대장에게 휘하에 시 쓰는 장교가 있다는 걸 알린 모양이다.

"누군데?"

이리하여 《국방》지에 실린 졸시가 연대장 눈에 띄게 되었다. 기실 나는 시를 통해 나의 존재를 인정받게 된 셈인데 다른 부대장 같으면 그런가!? 그 정도로 끝났겠지만 그는 달랐다. 그 자신도 시를 쓰고 있었기 때문이다.

다음날 연대본부에서 호출이 왔다. 나는 무슨 영문인지도 모르고 단독무장을 하고 나섰다. 부동자세를 취하고 마치 부임신고라도 하듯이 연대장에게 아무개가 왔다고 말했다.

"귀관인가. 날 따라오게."

트레일러로 된 연대장 숙소로 나를 데리고 갔다. 점심이나 같이하며 이야기하자는 것이었다. 처음엔 몹시 긴장되었으나 시 얘기가 나오면서 비로소 사람을 만났구나 싶었다. 그는 자신이 쓴 시를 보여 주었다. 후에 펴낸 『저격능선(狙擊稜線)』이라는 전투수기 속에 수록된 몇 편의 시가 바로 그때 쓴 것으로 나는 권두언 대신 서시를 썼다. 외출 나와 이중섭 화백한테 표지 장정을 부탁했다. 애당초 피 묻은 비둘기가 산 위를 날고 있는 그림이었는데 저작자가 위용 있는 것을 원했기 때문에 칼을 빼든 말 탄 기사의 그림이 채택되었다.

얼마 안 있다가 나는 사단 정훈부로 전출되었다. 중대에 놔두기가 뭣해서 그랬던 것 같다. 이곳에 좀 머물다가 연대 정훈과장 자리로 다시 왔다. 연대장은 나를 자신의 특별참모로 발탁, 가깝게 있게 했다.

그는 전훈업무를 활발히 전개하게끔 앰프와 음반을 마련해 주었다. 식사 시간이나 휴식 시간 또는 공휴일에는 으레 음악 소리가 메마른 병영 속에 울려 퍼졌다. 공민학교를 지어 문맹퇴치에도 착수했다. 교회가 우뚝 솟아 비록 종소리는 울리지 않았지만 포성이 멎은 전선에 찬송가가 울려 퍼져 평화가 깃들게 했다.

계곡에 커다란 물레방아를 만들어 장병들의 눈요기가 되게 했다. 환경미화로 연대 본부는 마치 공원처럼 꾸며졌다. 나의 군대생활 몇 해 중에 이처럼 즐겁고 보람찬 시기는 없었다.

연대장이 육군대학에 가게 되자 나는 의욕상실증에 사로잡혔다. 후임 연대장은 ‘문’자와는 상관이 없는 사람이었다. 새로 부임한 사단장과 더불어 ‘돌’이라는 소문이 돌았다.

얼마 안 있어 나는 대구에 있는 육군본부로 전출되었다. 그분의 배려로 그리 된 것 같았다.

환도 후 나는 제대했고 그는 고참대령으로 있다가 5·16 직전 별을 달았다. 이 소식에 나는 내 일처럼 좋아했다. 제대하고 나서도 문 장군의 배려가 끊이지 않았다. 문화공보부에 간 것도 그의 주선으로 이루어졌다.

공직에서 물러나 앉자 생활을 지탱하기가 어려워졌다. 남들은 곧잘 곤란한 처지에 놓이게 되면 윗사람을 찾아가 도움을 청한다는데 나는 그만 주저앉아 버리는 습성이 있다. 당시 육군의 장성이 된 어엿한 문 장군을 개인 사정으로 괴롭히고 싶지 않아 자연 발길이 뜸해졌다.

그러던 어느 날 한 통의 속달 편지가 날아들었다. 문 장군의 전갈이었다. 나는 가슴이 뭉클했다. 15년 전의 의리가 그냥 살아 있었기 때문이다.

나는 그 길로 눈 내리는 전방 길을 달렸다. 이젠 모른 체해도 될 텐데…… 내가 가난한 시인이어서 생활 걱정을 한 듯하다.

"문 장군님! 이제 그만 제 걱정일랑 말아주세요. 15년 전의 부하사랑을 지금도 저버리시지 않으시면 오히려 괴롭습니다." 했더니 "아니야, 오늘날 내가 그걸 잊을 수 있겠는가." 하는 것이었다.

종군 5년은 나의 시 습작기에 메울 수 없는 공백기였지만 문 장군과 같은 의리의 대장부를 만난 것은 필생의 큰 수확이라 아니할 수 없다.

그는 투 스타로 퇴역, 전쟁문학인협회 회장직을 맡을 정도로 문학에도 심혈을 기울였다. 다섯 권의 개인시집과 두 권의 수필집, 한 권의 전투수기를 비롯하여 다수의 군사평론과 다섯 편의 시나리오를 썼는데 그 중 세 편은 영화화가 되기도…….

그는 1996년 이렇다 할 지병 없이 72세로 생을 마감했다.

2

지금까지 나의 삶에서 못 해본 것은 정치뿐이다. 그 곁엔 얼씬도 하지 않았다. 몇 달 하다 그만둔 직업도 있지만 대개 몇 해는 견디었다. 초등학교 교사를 시작으로 매스컴에도 종사했다. 신문 잡지나 방송국 등. 그 밖에 공무원 노릇도 해 봤고 중년에는 은행에 10여 년이나 발을 붙이고 있었다.

자식은 3남1녀. 아내는 황해도 용매도의 부잣집 9남매의 막내였다. 세상물정을 모르고 자란 탓인지 남의 꼬임에 잘 빠져들었다. 장사에 손을 댄 것이 화근이었다. 사채놀이꾼들은 남편이 은행원이라니까 대출을 잘 해 주었다. 비싼 이자로 장사는 안 되고 빚은 자꾸 늘어나 끝내는 은행을 그만둬야할 형편에 이르렀다. 퇴직금으로 빚 청산도 다 못 했지만.

대학을 다니는 자식도 있고 잇달아 가야 할 처지인데 실직자 신세가 된 나. 북에서 넘어와 이처럼 난처해지기는 처음 있는 일이었다.

차 한 잔 값으로 하루를 때우다시피 하는 나날이 계속되자 이혼과 자살까지도 생각하게 되었다. 그런데 이게 웬 일. 궁하면 통한다더니…… 하루는 다방에 멍하니 앉아 있는데 장안전문대학의 시조시인 김제현 교수가 내게 다가왔다. 평소에도 가까이 지낸 사이였지만 그는 다짜고짜 자기 학교에서 일어과 강사를 구하고 있는데 올 생각이 없느냐고 했다. 귀가 번쩍 뜨였다. 하지만 좀 망설였다. 대학에서 일어를 전공한 바도 없고 더더욱 학위도 없으니 말이다.

하지만 시간 강사라니 나서볼 만도 했다. 박용주(朴龍珠) 학장을 대면했다. 같은 함경도 출신의 월남자였다. 미국 유학에서 돌아와 윌리엄 포크너 연구로 영문학 박사학위를 취득한 학자였다.

첫 대면에서 의기가 통했는지 등교할 때마다 학장실에 들르라는 것이었다. 이분은 나보다 두 살 아래인데, 익살과 유머, 해학의 명수였다. 내가 맞장구를 잘 치니 친근해질 수밖에. 다른 교수들에게서 질시의 눈길이 느껴질 정도였다.

한 학기가 끝나기도 전에 박 학장은 다음 학기부터 전임대우를 하겠다며 내가 번역한 엔도슈사꾸(遠藤周作)의 『예수의 생애』와 『그리스도의 탄생』을 칭찬해 주었다. 영역된 것도 읽어 봤지만 내 것만 못하다고 부언하면서.

문교부에 나를 조교수로 상신했지만 두 번이나 퇴짜를 맞았다. 대학에 출강한 경력도 없고 학위도 없었기 때문이다. 게다가 전임강사도 아닌 조교수로 상신했으니 말이다. 하지만 학장은 단념하지 않고 또 올렸다. 한 학기가 또 지나 세 번 올렸다. 마침내 통과되었을 때 나는 마치 하늘의 별이라도 딴 기분이었다. 이 무렵 나는 일본의 시인들과도 교류하기 시작하여 나의 작품이 일본에 소개되고 있었다.

박 학장과의 우의는 더 두터워졌다. 등교하는 날 학장실에 안 가면 학장이 내 연구실에 찾아올 정도였다. 이렇듯 다정다감했던 우의를 갈라놓는 일이 생겼다. 학교 재단이 딴 데로 넘어가 그는 본시 있던 경희대학으로 옮아가 버렸다.

1987년 봄의 일이다. 한 주에도 몇 차례 만나던 그를 몇 달에 한 번 만날까 말까였다. 그것도 그가 병상에 누워 있다는 소식을 듣고 문안차 방문한 데 불과했다. 마지막으로 그를 만난 것은 88올림픽을 며칠 앞둔 어느 날. 병원에서는 더 손쓸 수 없다고 퇴원시켜 집에 누워 있을 때였다. 그는 나를 보자 반가워하기보다 꾸중하듯이 "왜 자꾸 오느냐"고 했다.

언젠가 선친 묘를 서울 근교로 옮기면서 자신의 묘도 마련해 놓았다고 하던 안도의 말이 생각났다. "88올림픽 구경하러 가야 할 게 아니냐"고 대꾸했지만 이것이 그와의 마지막 대화가 될 줄이야.

이 세상을 하직하기 전
물 딱 한 모금
더 마시고
그는 가 버렸다

윌리엄 포크너라면
땅바닥에 낙서하는 버릇까지
죄다 알고 있었던
그가 가 버렸다.

가족묘지 마련해 놓고
누울 자리 생겼다고 미소짓던 그
채 好好爺가 되기 전에
그만 가 버렸다.

아량과 관용이 능사였던
반백의 이 사내
익살과 해학의 능수인 그가
이렇듯 앞지르기에도 명수일 줄이야

나의 조시 「好漢 朴龍珠」이다. 그의 이름은 문인주소록에 없을는지 모르지만 문단 외곽에서 남모르게 활동한 문인이다. 수필집 『꿈꾸는 자의 자유』는 장안대 시절 김제현 교수와 같이 꾸며낸 것이고 그 밖에도 『미국흑인문학전집』과 「포크너 문학의 예술적 고찰」 등의 논문 다수가 있다.

3

젊었을 때, 좋은 얘기만 하고 남을 욕하거나 꾸짖는 말은 삼가라는 소리를 들어 왔지만, 이 한 가지 사실만은 꼭 실토해야만 가슴의 응어리가 풀릴 것 같다. 상대방의 성도 이름도 나이도 모르니 누굴 흠집 낸다는 소리도 나올 수 없다. 그런 차원에서 내가 겪은 수난을 고스란히 밝히련다.

6·25 전쟁이 발발한 지 얼마 안 되어 내가 통영의 101예비사단 방위장교로 있을 때 당한 이야기이다.

하루는 시내 외출 나왔다가 소피가 마려워 공중변소에 들렀다. 용무를 마치고 막 나서는데 헌병 상사가 다가왔다. 다짜고짜 손을 호주머니에 넣었다고 군기문란으로 힐책하는 것이 아닌가. 손수건 꺼내려고 손을 넣었다고 하자 쓸데없는 변명을 한다고 다짜고짜 헌병대로 나를 연행해 갔다.

당시 방위군 장교두 장교냐고 업신여기던 때라 현역 병사바서 경계는 고사하고 깔보며 그냥 지나치기 일쑤였다. 실내에 들어서자마자 그는 이유 불문코 "엎드려뻗쳐" 하고 버럭 소리를 질렀다. 그 기세에 눌려 엎드렸더니 야구 방망이로 엉덩짝을 후려치는 것이었다. 한두 대가 아니고 열두 대를 얻어맞고 나서 그 자리에 쓰러졌다. 그러고 나서 부대에 연락하여 나를 인계해 가도록 했다.

일주일을 꼬박 누워서 보냈다. 이 소문이 부대 내에 파다하게 퍼졌다. 직속상관인 방위군 중령은 헌병들의 가혹한 처사에 울분을 터뜨리면서도 호소할 데가 없어 안타까워하더라는 전갈도 있었다.

나를 깨진 죽사발로 만든 그 녀석! 그가 헌병 상사였다는 사실만 알지 어느 부대의 누구라는 건 끝내 모르고 있지만.

이 풀리지 않는 수수께끼 같은 응어리가 나로 하여금 시작(詩作)을 저버리지 못하고 인고의 기개를 북돋아 주고 있는지도 모른다.

나의 '원(怨)'과 '한(恨)'은 전적으로 이산(離散)의 아픔에서 비롯되지만 야구방망이로 홈런 친 듯한 사정없는 아픔도 한몫 거들고 있다고나 할 까. 나는 「이런 수난」이란 시작(詩作)의 끝머리에 이렇게 실토하기 도……

두고 두고
이 울분 삼키느라
詩가 뭔지
터진 엉덩짝 어루만지듯
날마다 끄적거리고만 있으니

다음은 내 차례야

-김종삼 · 전봉건을 추모하며

우리 문단에서 '청록파' 하면 아마 모르는 사람은 없을 것이다. 하지만 '연대파(連帶派)' 하면 고개를 갸우뚱……그런 게 있었던가 싶을 것이다.

'청록파'는 조지훈(趙芝薰), 박목월(朴木月), 박두진(朴斗鎭) 등의 앤솔러지 ≪청록집≫에서 비롯된 호칭이지만 '연대파'는 이들보다 10년 뒤 연대시집『전쟁과 음악과 희망과』를 낸 전봉건, 김종삼, 김광림을 묶어서 호칭할 때 쓰여진 듯하다. 연대시집이 청록집 만큼 알려지지 못하다 보니 호칭도 보편화되지 못하고 있지만.

여기에서 필자가 굳이 이 두 계파를 들먹이는 것은 시작(詩作)상의 괴리나 성과의 차이를 말하기 위해서가 아니라 시작(詩作)의 수명이랄까 인생 역정의 상이점을 논하려는 데 있다.

이번 호의 '남기고 싶은 이야기'의 주인공들, 즉 전봉건과 김종삼을 말하려다 보니까 '청록파'는 역순으로 갔는데 '연대파'는 순서대로 가고 있다는 사실을 실감하게 되었다.

다시 말하면 조지훈(1920~1968), 박목월(1916~1978), 박두진(1916~1998)

은 역순이고 김종삼(1921~1984), 전봉건(1928~1988), 김광림(1929~   )은
순서대로 가고 있는 중임을 알 수 있다.

진작 이들과의 만남에 대해 언급한 바 있지만 휴전 직후 문단의 한
산맥을 이루고 있던 '서린다방'에서 이들을 만났다. 봉건은 나보다 한
살 위였고 종삼은 여덟 살이나 연상이었다. 둘은 이미 신진시인으로
활동하고 있었지만 연대시집을 낼 때 이들은 무명이나 다름없는 나를
끌어들여 '전쟁' 파트에다 넣어 주었다.

시집 후기는 전봉건이 쓴 듯 한데 그 첫머리는 이렇게 시작된다.

……오늘날 이 세상에 살고 있는 사람은 모두 제각기 '삶'과 지구의 운
명에 대해서 자기의 곁에 살고 있는 이와 서로 연대책임을 지고 있는 것
이라는 이야기가 있는데 이 이야기가 지니는 정당한 까닭과 높은 뜻을
우리 세 사람은 이렇게 같이하는 자리에 있어서도 저버릴 수가 없었던
것이라고 할까. 혹은 세 사람이 각기 10편씩의 작품을 묶어 한 자리에
내어놓으면서 이름하여 '연대시집'이라 붙이는 사실로써 시인으로서의
사명과 특권의 어느 조그마한 한 부분을 더욱 빛낼 수 있게 노력하는 작
업이었다고 해도 좋을 것이다.……

지금 봐도 꽤 논리정연하게 연대의식을 피력하고 있다. 다만 '시인
으로서의 사명과 특권'이라는 말이 좀 객기를 부린듯하지만 의욕만은
대단했던 것 같다.

*   *   *

김종삼은 30년 남짓 시를 써 온 과작 시인이다. 청아출판사에서 펴
낸 『김종삼전집』에 의하면 169편의 시가 수록돼 있는데 그러고 보니

한 해 5편 안팎의 시작(詩作)을 한 셈이다.

시집으로 치면 세 권 분량인데 10년에 한 권쯤 낸 셈이다. 그래서인지 그는 지껄이듯 시를 쓰는 다작하는 시인을 경원시(敬遠視)했다기보다 타기(唾棄)한 듯하다. 하지만 그의 호주머니 속에는 지폐나 담배 대신 언제나 원고지가 들어 있었다. 낙서하는 용지처럼. 그러니까 앉으나 서나 틈만 생기면 늘 뭔가를 끄적이고 있었는데 이것이 작품화되려면 적어도 두 달 이상의 시간이 소요된듯하다.

그는 원고지 칸을 제대로 메우는 일이 없었다. 한 자 메우는 데 여러 칸이 소요됐다. 자신은 정성들여 쓰느라 했는지는 몰라도 남이 보기엔 썼다기보다 그렸다는 느낌이 더 든다. 그야말로 별명 그대로 '도깨비' 글씨라고나 할까.

대체로 그의 시 원고는 장난삼아 가로채 보기 전엔 만나기 힘들다. 그런데 한 번은 자진해서 내 앞에 내놓은 일이 있었다. 얼마나 고치고 다듬었는지 원고지 칸이 거의 제대로 메워져 있었다. 마지막으로 정서한 것인 듯싶은데 이게 웬일? 제목이 없으니……

    1947년 봄
    深夜
    黃海道 海州의 바다
    以南과 以北의 境界線 용당浦

    사공은 조심조심 노를 저어가고 있었다.
    울음을 터뜨린 한 嬰兒를 삼킨 곳.
    스무 몇 해나 지나서도 누구나 水深을 모른다.

이 작품을 대하는 순간, 나는 18세에 한탄강을 넘던 숨 막히고 아슬아슬한 상황이 되살아났다. 충격적인 공감대가 형성되었다. 멍청하게 있는 나에게 제목에 대한 의견을 물어왔다. 지체 없이 나는 "민간인(民間人 어때?" 했더니 그는 두말없이 쓰는지 그리는지 알 수 없는 필치로 큼직하게 '민간인' 석 자를 한자로 선뜻 달아 놓는 게 아닌가. 얼씨구, 그의 시에는 상식적이랄까 보편성을 띤 제목은 거의 찾아볼 수 없는데 의외의 처사였다.

대체로 그의 시제는 알 듯 모를 듯 한 제목, 이를테면 「G · 마이나」, 「스와니강」, 「앙포르멜」, 「드빗시산장」, 「샤이안」, 「앤니로리」, 「라산스카」, 「아데라이데」, 「그라나드의 밤」……같은 것들이다.

한편 그의 전집 속에 「無題」란 시 두 편이 괄호 속에 수록돼 있었는데 "이 무제는 1985년 ≪문학사상≫지에 유고시 특집으로 제목 없이 게재되었던 것"이란 주석이 붙어 있는 걸로 봐서 하마터면 「민간인」도 무제로 남았을지 모르겠다는 생각이 들기도

1980년대 초반 그는 웬일인지 봉건과 나를 가까이하려 들지 않았다. 하긴 우리들이 너무도 잘 아는 어느 여류 시인과의 연분이 떠돌고 있었다. 이런 소원(疏遠)함이 없었다면 그의 무제시 두 편도 나에게 보여 줬을지도 모르겠다는 생각이 든다.

김종삼은 황해도 은율(殷栗) 태생이다. 평양 광성(光成)보통학교를 거쳐 중학에 진학했으나 학업을 중단하고 일본으로 건너가 토요시마(豊島) 상업고등학교를 졸업, 도쿄 문화학원에 진학했으나 중퇴, 영화인들과 접촉하면서 조감독 노릇도 했다. 해방 후 유치진(柳致眞)에 사사하면서 극예술협회 연출부에서 음악 효과를 맡아 보기도 했다.

6 · 25 사변이 나자 피난지 대구에서 시를 발표하기 시작하면서 환도 직후 ≪군사 다이제스트≫사 기자로 있다가 국방부 정훈국 방송실

로 옮겨 10여 년간 상임 연출자로 근무했다. 그의 형이자 시인이며 장군인 김종문(金宗文)이 국방부 정훈국장으로 있을 때의 일이다. 1956년 정귀래와 새로 가정을 꾸몄는데 일이 성사되기까지의 에피소드 한 토막.

하루는 '아리스' 다방에 앉아 있는데 평소 볼 수 없었던 심통한 표정의 그가 나타났다. 다짜고짜 나더러 같이 좀 가자는 것이었다. 의아한 생각이 들었으나 용건도 묻지 않고 그를 따라나섰다. 광화문 네거리에서 서대문 쪽에 있는 건널목을 지나 뒷길로 접어들더니 어느 집 문 앞에 멈춰 섰다. 그가 시키는 대로 노크를 했다.

그러자 그는 옆 담에 몸을 숨긴 채 "나타리! 나타리!" 하는 게 아닌가. 뭣이? 나타리라니! 어쩌면 나타나라는 절실한 심정의 표출로도 받아들여지겠지만 이건 영화 <비련(悲戀)>의 여주인공 이름인데 하고 머리를 갸웃거리는 순간, 살짝 문이 열리는 낯익은 여자 얼굴이 드러났다. 이 근처 책방에서 이따금 마주치던 얼굴인데 그녀가 그의 약혼녀일 줄이야. 그가 와 있다고 살짝 일러 놓고 나는 그 자리에서 물러났다. 오던 길로 되돌이 니오면서 그가 왜 '나타리'라는 암호 같은 호칭을 사용했는지 생각해 보았다. 얼마 전 그에게 들은 얘기지만 처남 될 사람이 그에게 누이를 주려 하지 않는대서 데이트는 해야겠기에 이런 수단을 쓴 듯하다.

도깨비 김종삼이 작고했을 때 나는 추모시에서 장난치듯 살다 간 그의 생애를 애조나 곡성보다는 그의 시처럼 드라이하면서도 캐리커처한 표출을 해 보려고 했다.

　　잡문 나부랭이 한 줄 안 쓰고
　　끝까지 버틴 예순 세 해

실은 안 쓴 게 아니라 못 쓰고
순수하게 지탱한
詩作 생활을
청바지 뒤꽁무니에
아무렇게나 쑤셔넣고 다닌
원고지 몇 장
도깨비 놀음 같은 세상에
장난치러 왔다가
훌쩍 떠나간 것이 분명해
이제 諸神들과 어울리겠지
6·25 때 헤어진 全鳳來랑
단짝이던 林肯載랑
한동안 격조했던 金洙暎과 만나면
개새끼 새새끼 또 하겠지
오늘 아침
광화문 네거리가 좀 허전하긴 해도
하나도 슬프지 않으니
자선냄비가 없어도 되는 곳에
그가 가 버렸기 때문일까

*　　*　　*

앞서 나는 3인 연대시집 후기 일부를 소개한 바 있는데 여기에서
전봉건은 자신의 시작(詩作) 과정을 4기로 나누고 있었다. 즉 "≪문예≫
시기, 현역 전투원 시기, 그리고 이것과 현재의 시기 사이의 또 하나의
시기, 그런데 여기에 수록된 것은 현재의 시기(제4기)에 속하는 것"이
라 말하고 있다.

그러니까 ≪문예≫지가 1949년에 창간되고 시 「원(願)」, 「사월(四月)」,
「축도(祝禱)」가 1950년에 천거됐으니까 불과 7년 사이에 시작(詩作) 과

정이 네 번이나 바뀐 셈이다. 대단한 변모가 아닐 수 없는데 이런 식으로 시작(詩作) 과정을 따지려 들면 봉건이 영위한 38년간의 시작(詩作) 과정을 어떻게 나눠야 할지 막막해진다. 이 구분은 자신이 한 것이니까 그렇다 치고 1955~1956년 사이에 쓴 것 중 10편을 연대시집에 수록했다니 당시 그는 가장 돋보이는 신진으로 활약하고 있을 때였다.

초기의 추천작품들의 제목이 한두 자로 압축되어 있는 것과는 대조적으로 연대시집 속에 수록된 작품들은 사설적이면서 국제감각이 드러난 제목들로 일단 신선한 충격을 자아내는 데 이바지하고 있다. 이를테면 「개미를 소재로 한 하나의 시가 쓰여 지는 이유」라든가 「강물이 흐르는 너의 곁에서」 연작시 「銀河를 주제로 한 봐리아시옹」 등이 그것이다.

후일 나는 『詩로 쓴 詩人論』에서 그를 이렇게 표출했다.

갈대숲이 술렁이며 날개를 펴는
孔雀의 一瞬
개막은 언제나 화사하다
音階마다
생선이 튀어나오게
건반을 두들기는 사람
미끄럼대를 타는 이에겐
햇덩이를
눈깔사탕처럼 하나씩 물려준다
그는
1950년의 靜寂
전쟁이 박아 놓은 말뚝을 뽑아내고 있다

내 딴에는 그의 시의 당돌함과 신선감, 그리고 전후시의 새로운 기수로서의 이미지를 드러내려 했지만 하도 변덕스런 그의 시작(詩作) 과정을 미처 따라잡지 못한 아쉬움은 남아있다.

전봉건은 평안남도 안주군 출생으로 해방되던 해 숭인(崇仁)중학을 졸업, 이듬해 월남하여 시골에서 교편생활을 했다. 부상병으로 제대했는데 우연히 그한테 들은 말에 의하면 제대하기 위해 자해했다고? 이때의 종군 경험을 바탕으로 그는 생동하는 전쟁시를 썼다.

1959년에 첫 시집 『사랑을 위한 되풀이』로 제3회 한국시인협회상을 수상했고 그 후 장시 「춘향연가」를 발간하여 현대시로서 한국적이며 고전적인 작품을 현대화하는 가능성을 보여 주었다. 당시 그는 여러 출판사를 전전하면서 월간지를 편집하다가 독자적으로 월간시지 ≪현대시학≫을 출간하기에 이른다. 이 시지 타이틀은 본시 내가 출간하던 소시지의 제목이었는데 그만두면서 그의 요청으로 넘겨주었다. 1970년대에 제2시집 『속의 바다』를 상재했는데 그의 여성적이고 육감적인 소재를 활용하여 견고한 현대시로 승화시키는 시도만은 우여곡절이 많은 그의 시작(詩作) 생활에 일관된 흐름이랄까.

이어 1980년에 『파리』를 비롯하여 『북의 고향』('82), 『돌』('84) 등의 시집을 냈으며 『꿈속의 뼈』, 『새들에게』, 『트럼펫 찬가』 등의 선시집을 곁들이고 있다.

한편 그는 시론에도 관심을 보여 시론집 『시를 찾아서』를 냈으며 시극에도 손을 대어 내가 KBS방송국에서 문예물을 담당하고 있을 때 몇 편 그의 방송시극을 발표한 바도 있다.

전봉건은 1988년 6월 13일에 이승을 하직했다. 그가 꼭 갑년(甲年)을 맞았을 때이다. 병문안 간 김에 위안삼아 "육순잔치 해야 될 거 아니냐" 하자 "그런 것 하면 빨리 죽는다"고 사양하더니 다음에 갔을 땐

항암제 주사 맞는 것이 얼마나 괴로웠던지 "차라리 죽고 싶다"고 했다.

　　　　장미가 나에게도
　　　　피었느냐고 당신의
　　　　편지가 왔을 때
　　　　오월에⋯나는 아름다웠다

　이렇게 노래한 그가 하필이면 그토록 좋아하던 '장미'의 계절 5월에 몹시 괴로워하던 모습이 지금도 눈앞에 선하다.
　한국시인협회가 처음으로 전봉건의 영결식을 베풀었을 때 나는 「절대 평화주의자 전봉건」이란 타이틀로 그의 영전에서 고별사를 했다. 그 뒷대목에서 나는 끝내 목 메이고 말았는데 조문 온 시인들 대부분이 손수건을 꺼낸 걸로 알고 있다.

　　⋯⋯이 땅에 아직 평화와 자유와 통일이 정착되지 않은 시점에서 어이 눈을 감으셨지요. 다하지 못한 6·25의 증언을 제껴둔 채 어이 눈을 감으셨지요.
　　죽어도 사지가 꽁꽁 묶여 관 속에 들어가는 그런 죽음이 아니라 마치 날기라도 하는 것처럼 사지를 쫙 펴고 내 고향땅 품속에 들어가는 그런 죽음을 맞겠다던 형!
　　그리고 보면 형은 형이 가장 아끼고 좋아하던 시인 릴케의 말마따나 '삶의 발전적 형태'로서의 죽음을 죽은 것이 아닌가 싶습니다.
　　일찍이 형의 초기작품 「원」에서 "오⋯⋯나에게 내 자신의 모습을 주십시오"라고 절규했던 형 자신의 모습이 어쩌면 죽음으로 승화되고 완성된 게 아닌가도 싶어 더욱 가슴 저밉니다.
　　이제 평생을 두고 실랑이를 벌이던 원고지일랑 그만 접어 두십시오.
　　저린 오금을 주욱 펴고 못이 박힌 손에서 영영 펜을 놓으십시오.
　　20년을 하루같이 매달렸던 ≪현대시학≫에 더 이상 미련일랑 두지 마십시오. 다만 시정신의 귀감으로 이 땅에 오래도록 남아 있어 주십시오.
혈혈단신 우주 공간이나 자유로이 산책하며 살아생전 못 이룬 귀향길
에 어서 드십시오……

*　　*　　*

60전후에 가 버린 전봉건과 김종삼. 두 사람 다 요절(夭折)했다기보다
는 좀 빨리 갔다고나 할까.

이 시점에서 내가 겪은 바 이 두 사람의 생애의 공통점이랄까 유사
점 몇 가지를 상기하지 않을 수 없다.

그 첫째가 나도 그렇지만 우리 모두 38따라지 신세였다는 사실이다.
지방색이 농후한 이 땅에서 기를 펴고 살기가 힘들었다는 점도 매한가
지였다.

그 다음이 이들의 형들이 모두 시인이었다는 것. 김종문은 군인 신
분으로 시를 쓴 종삼의 형이고 잠시 반짝인 시인 전봉래는 동란초기에
다방에서 자결한 봉건의 형이었다. 종삼은 봉래하고도 친분이 있었던
걸로 알고 있다.

세 번째는 이들이 결혼 직전에 겪은 좌절감이랄까. 둘 다 처남 되는
사람들의 반대에 부딪혀 휘청거렸다. 종삼의 경우는 이미 피력했지만
봉건의 경우는 신부(유흥의) 댁에 함을 지고 갔다가 술투정을 한 데서
시비가 생긴 듯하다. 결혼 취소를 호소해 온 그를 끌고 나는 신부댁을
찾아 나섰다. 청량리 역 앞 다방에 그를 대기시켜 놓고 신부댁 대문을
노크했다. 두문불출 당한 신부가 목매어 기다린 듯 이내 문이 열렸다.
평소 낯익은 사이라 어색함 없이 신랑감이 온 사실을 알렸다. 그녀는
모친과 함께 나왔다. 나는 이들을 다방까지 안내하고 물러났지만……

예정대로 혼사는 성사되었다.

네 번째는 이들이 본처 외에 연인을 거느린 사실이다. 이는 순전히 이들의 시에 현혹되어 따라붙은 규수시인들의 애정의 발로였다. 이들 동반시인들은 종삼과 봉건이 떠난 후에는 이렇다 할 작품활동이 안 보인다. 뮤즈 아닌 포에지의 상실 때문인지도 모른다.

이 네 가지 유사 공통점에 비하여 선뜻 이들에 대한 납득이 잘 안 가는 사실이 하나 있다. 그것은 두 작고시인에 대한 평가이다.

생전에 전봉건은 한국 전후시의 심볼 같은 존재였는데 지금은 전처럼 관심의 대상이 되어 있지 않은 것 같다는 점이다. 이와는 대조적으로 김종삼의 경우는 산골에 묻혔던 보물이라도 챙긴 듯이 화제에 오르고 있다. 심지어 '김종삼 문학상'까지 후배들이 제정해 놓았을 정도니까.

아무튼 이들에 대한 학위논문이 심심치 않게 나오고 있는 걸로 봐서는 연구 대상이 되고 있는 것만은 확실해 보인다.

전세기에 진작 가 버린 김종삼, 전봉건 두 시인을 추모하면서 "다음은 내 차례야" 하고 뇌까려 본다.

레지스탕스와 앙가주망의 기수(旗手)

−임긍재(林肯載) 회고록

저서 한 권 없는 평론가

문학을 한 사람치고 그 기간이 얼마가 됐건 흔적은 남아 있게 마련이다. 흔히 책자로 자기 문학을 남기기 일쑤이다.

그런데 나의 처남 임긍재(이하 존칭생략)는 이럭저럭 20년 가까이 문필 활동을 한 걸로 알고 있는데 이렇다 할 아무런 흔적도 남기지 않았다.

해방 직후 좌우익 진영의 이데올로기 논쟁이 한창일 때 그는 김동석(金東錫), 백철(白鐵) 등과 꽤 논전을 한 걸로 알고 있다.

그는 민족진영의 입장을 대변하는 평론가 구실을 김동리(金東里), 조연현(趙演鉉), 곽종원(郭鍾元) 등과 더불어 했다.

앞서 든 김동석은 몰라도 나머지 평론가들은 헤아릴 정도의 저서를 남겨놓고 있다. (김동석은 일찌감치 북으로 가 버렸으니 남에서 저서를 남길 겨를을 못 가졌으리라.)

1973년 '문원각'에서 펴낸 『한국문학대사전』에는 임긍재의 행적이 사진과 함께 좀 적혀 있다. 「신인간주의문학」과 「저항문학의 사상성」
이 그의 대표적 평론으로 열거되어 있다. 그는 주로 김송(金松)이 주재
하던 문예지 ≪白民≫에다 집필한 듯하다.

그가 세상을 뜬 지 얼마 안 되어 일본의 출판사 '소학관(小學舘)'에서
펴낸 『문예사전』에 임긍재가 수록되어 있는 걸 보고 놀란 적이 있다.
그의 문학이론이 그들의 관심을 끈 듯하다.

지금 나의 비망록에는 그가 집필한 『문예강좌』 한 편이 간직 돼 있
다. 4·6판 크기의 책자에다 「속문학ABC 문학예술의 기원」을 집필한
것인데 월간지 ≪희망≫에 수록됐던 것 같다.

이걸 보관하게 된 데는 나 나름의 이유가 있다. 글보다 그 속에 수
록된 그의 모습 때문이었다. 그는 생전에 별로 사진 찍히는 걸 좋아하
지 않는 듯하다. 그래서인지 그의 모습을 담은 사진이 한 장도 없어
지면에 실린 누우렇게 뜬 모습이나마 간직하기에 이른 것이다.

지팡이를 짚은 40대 초반의 당당해 보이는 모습에서 6·25 때 한강
전투에서 부상당한 다리를 상기하게 되었다. 무릎에 박힌 파편을 뽑아
내지 못한 채 절룩이며 걷는 중년신사, 그래노 정치에까지 발을 뻗은
탓인지 호탕한 기질을 드러내고 있었다.

시 때문에 맺어진 인연

내가 임긍재를 처음 만난 것은 휴전 직후의 일이다. 전방에서 휴가
차 나와 조영암을 만난 것이 인연의 실마리가 되었다.

내가 그를 찾은 것은 ≪국방≫지에 게재된 졸시 「진달래」를 극찬한 데
서 비롯된다. 그는 나를 만나면 끌어안고 울고 싶다고까지 했다. 백마고
지 전투에서 전사한 나의 연락병을 진달래에다 비유하여 애도한 시였다.

뉘의 모습일랑
비스듬히 닮았을
진달래야
진달래

밑두리 발가숭에
채색도 모른 채

조국의 꽃이라서
모질게도 피는구나

그날 꽃가루 날아간
앳된 넋을 닮아서

상채기 붉은
피도 고운데

노상 앞잡만 서던
<달이>는 일등병

죽어서도 제 모습을
꼬옥 닮아서

속잎도 퍼지기 전에
떨어져 버렸구나

진달래야
진달래

이 투고시가 조영암의 천거 덕분에 기성 대접을 받아 발표되자 인사차 그를 찾아뵌 것이 문단에의 첫발을 내디딘 동기라고나 할까. 당시 문단의 한 계파였던 '서린산맥'이 '서린다방'에 진을 치고 있었다.

여기에서 임긍재를 비롯한 박연희, 이활(李活), 전봉건, 김종삼 등을 만나 사귀게 되었다. 김수영은 과객처럼 들르곤 했다. 이밖에도 몇 사람 더 있었는데 지금까지 시인이나 작가로 별로 드러나지 않아 성함도 잊었다.

이들의 보스격인 임긍재는 이들의 발표 지면을 주선하는 한편 대폿집 행차의 물주가 되곤 했다. 하긴 당시 그의 아내와 헤어진 홀아비 신세라 막내 누이동생의 시중으로 버티고 있을 때였다.

나에게도 몇 군데 지면을 얻어 주었다. 그때 발표한 작품 하나를 지금껏 찾아내지 못하고 있다. ≪財政≫이란 경제전문지에 발표한 「골목」이란 시가 바로 그것. 그가 주장하던 앙가주망과 레지탕스의 성향을 띤 작품이어서 그의 눈에 든 듯하다.

하루는 자기 집까지 나를 데리고 갔다. 노고산 중턱에 있는 초가집에 세들어 있었다. 부엌이 달린 방은 누이가 쓰고 그는 윗방을 차지하고 있었다. 외출에서 돌아올 땐 으레 외톨박이 술벗을 거느리게 마련이었다. 김종삼과 이활이 단골손님이었다.

나를 그의 집에 데리고 간 데는 다른 의도가 숨어 있었다. 나중에 안 일이지만 그의 누이동생한테 나를 선보이기 위해서였다. 후일에 안 일이지만 그는 누이한테 나하고 결혼하라고 강요했던 모양이다. 그녀는 일단 반대한 모양. 키가 작아서 싫다고 했다지만 실상 나는 그 당시 군인 신분에 집도 절도 없는 38따라지 신세였다.

오빠가 좋아한다고 누이가 선뜻 따를 리 만무하다. 옥신각신 실랑이

끝에 오빠(임긍재)는 누이(임은교)를 굴복시킨 듯하다.

결혼식 날은 당시 야당이었던 '민주당'의 약식 전당대회를 방불케 했다. 운현궁 예식장은 그야말로 야당 최고 위원과 국회의원들로 붐볐다. 임긍재의 정치인들과의 관계가 한눈에 들어왔다. 게다가 거물 정치가 조병옥이 주례를 섰으니 그럴 수밖에.

별을 단 장군(문중섭)도 축하차 식장엔 왔으나 안 들어오고 밖에서 살짝 나를 불러내어 만났다. 그는 저격능선 전투 때 연대장이었고 전후에 졸시 「진달래」를 보고 병과를 정훈으로 바꿔 준 시 쓰는 장군이었다.

이리하여 임긍재와 나는 처남 남매지간이 되었다. 아내는 9남매 중 막내로서 오빠 여섯에 언니가 둘 있었다. 이 중 임긍재는 셋째 처남으로 서열은 9남매 중 다섯 번째였다.

잇따른 정치적 좌절감

1918년에 태어나서 45세로 생을 마감한 임긍재. 처남이 좀 빨리 가 버린 데는 나 나름대로 추측컨대 두 가지 이유를 들 수 있을 것 같다.

그 하나는 앞서도 좀 언급했지만 다리부상, 즉 골수염 통증을 느낄 때면 소위 마약 같은 걸 복용한 것 같다. 이것이 건강을 해친 것은 두말 할 나위도 없지만 그보다 더 결정적인 이유는 정치적인 데 있었던 것 같다.

자유당 말기 민주당의 조병옥 대통령 후보가 미국 월드리드 병원에서 작고하자 처남은 두문불출 상태에 빠져들었다. 앞서 나는 임긍재의 문학적 흔적이 남아 있지 않은 것을 탄식한 바 있지만 지금도 책방에 가면 조병옥 연설집이나 정치 평론집을 접할 수 있는데 이건 처남이

대필한 걸로 알고 있다. 당시 친분이 두터웠던 야당 의원 몇 분의 것
도 그러했다. 한동안 신접살림을 한 집에서 했기 때문에 나는 그 사실
을 알고 있다.

문학론보다 훨씬 많은 양의 정치론이 정치가들의 명의로 발표됐다
고나 할까. 그는 집필 사례비로 받는 걸 가지고 어김없이 서린산맥에
들르곤 했다. 문우들을 끌고 선술집을 찾아 메마른 입술을 술로 적셔
주고 잠긴 목청을 틔워 주는 봉 노릇을 착실히 했다. 보스 기질의 일
면이기도 했다.

자유당 정권이 무너지고 민주당 정권이 들어서자 처남은 재기의 기
색이 보였다. 조병옥 서거 후 민주당 구파의 영수인 김도연과 맥락이
이어졌다. 내각책임제하의 첫 총리의 김도연이 지명되자 처남은 총리
실로 들어갈 차비를 하고 있었다.

그런데 이게 웬일. 세 표 차로 인준이 부결되자 그는 다시 주저앉아
버렸다. 신파의 장면 정권이 들어서고 구파 장관 5명이 입각할 때 교
통부 장관으로 임명된 박해정으로부터 취임사 원고를 부탁받았다 취
임 당일 아침 나더러 쓰라고 세종로에 위치한 국회도서관으로 데리고
갔다.

그동안 기죽은 처남의 모습을 지켜본 나로서는 사양할 도리가 없었
다. 에라, 한번 써 보자는 심산으로 '일하는 교통부, 봉사하는 교통부'
라는 명제를 내걸고 10분 남짓 분량의 취임사를 썼다. 이걸 한 자도
손질 않고 장관은 취임사로 대신했다. 그날부터 나는 장관 보좌관실에
머물면서 대내외의 장관 담화문을 작성하는 처지가 되었다. 그제야 나
는 처남이 나를 취직시키느라 그랬구나 싶었다.

일 년이 채 못 가서 군사 쿠데타로 쫓겨나는 신세가 되긴 했지만.

1962년 정월 초하루 운명

처남은 좀처럼 굽히는 일이 없었다. 워낙 거물 정치인을 상대해서 그런지 동료들에겐 큰소리만 쳤다. 후학들은 그 앞에서 제대로 기를 못 편 채 고분고분 했다. 하지만 나에게만은 달랐다. 외려 내 눈치를 살피기 일쑤였다. 그래서인지 먹고 마시고 떠드는 장소엔 예사로 참여할 기회를 놓치곤 했다.

한번은 다섯째 처남 임권재와 심한 언쟁이 붙었다. 그는 무작정 나를 굴복시키려 했다. 순간 나는 외톨박이 신세를 한탄하면서 "형제가 많다고 매부를 깔보는 못난 집안"이라고 외쳐대며 반항했다. 제대한지 얼마 안 돼 군인 기질이 발동한 듯하다.

셋째 처남 임긍재가 동생을 나무라며 싸움을 말렸다. 억지로 그를 집에 돌아가게 했다. 하긴 임권재는 내가 월남 직후 연합신문 민중문화란에 시 「문풍지」를 발표할 때 이곳 문화부 기자였다.

다음날 그는 분풀이를 하려는지 목검을 들고 마구 문을 두들겼다. 나더러 나오라는 것이었다. 마누라한테 들은 이야기지만 셋째가 나가 "동생 처지를 봐서라도 네가 참으라"고 타일렀더니 슬며시 가버리더란다.

다른 처형, 처남들은 몰라도 임긍재만은 나에게 깍듯이 매부 대접을 해주었다.

1961년 연말, 나는 혼자서 처남이 입원중인 순화병원을 찾았다. 병실에 들어서자 점심 먹었느냐고 묻는 것이 아닌가. 촌각을 다투는 죽음을 앞두고 내가 밥도 못 먹고 왔을까 봐 걱정하는 기색이 역력했다. 나를 아끼는 처남의 심정이 너무도 고마워 눈시울이 붉어졌다.

오래 머물지 않고 돌아섰지만 이것이 처남과의 마지막 대면이 될 줄이야.

1962년 정월 초하루 임긍재는 자신의 모습마저 깨끗이 지워 버리고 말았다.

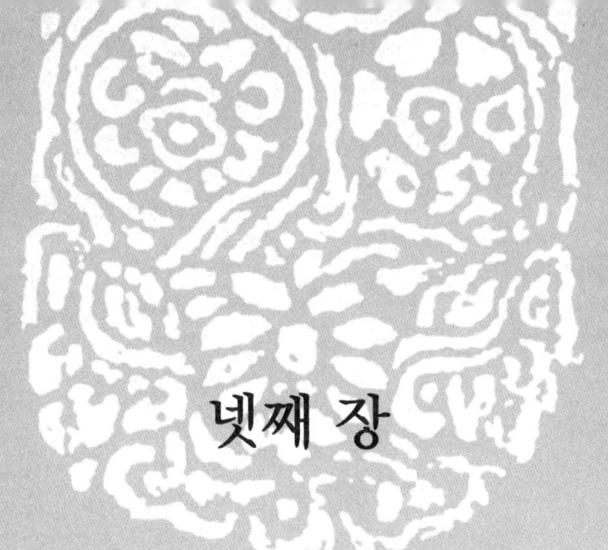

넷째 장

片片想 · I

1. 시적 편지와 시인 메모

박용래(朴龍來) 형을 생각할 때마다 안쓰러움과 미안함이 교차된다.

너무 일찍 가버린 데 대한 아쉬움과 어쩌다 그의 심기를 건드리는 발언을 내가 했기 때문이다.

한국시인협회에서 연례행사로 산사(山寺)가 있는 대전 언저리로 일박 나들이를 갔을 때 생긴 일이다.

밤에 그의 곁에 누웠다가 도망쳐 나오는 후배 시인들의 말을 듣고서 이튿날 아침 핀잔을 준 것이 그의 비위를 건드렸던 모양이다. 그 후론 이따금 그가 상경(上京)을 해도 만날 수가 없게 되었다. 들려오는 말에 의하면 "김광림이가 무서워 안 만난다"는 것이었다. 내가 그를 탓한 것은 잠자리에서 옆 사람을 가만 놔두지 않는 데 대한 꾸중이었다. 요즘 같았으면 웃고 지나칠 수도 있었을 텐데, 그땐 별로 호모현상이 알려져 있지 않던 시절이라 옆 사람을 괴롭히는 데 대한 꾸중을 한 셈이었다.

근래 일본에서는 『아메리칸 레즈비언 시집』까지 나왔는데 호모현상

을 탓한 내가 어쩌면 인식 부족이었던 것만 같아 미안해지기도

그 전엔 그런 대로 우정이 두터운 편이었는데 싶으면 그와의 사별(死別)이 더욱 아쉬워지는 것이다.

내가 직장 관계로 대구에 내려가 있을 때 그에게서 두 통의 편지를 받은 기억이 생생하다.

그의 편지글은 너무 시적(詩的)이어서 인상적이다. 한 통은 대구의 어느 찻집을 소개한 시나 진배없는 글이었는데, 그 편지는 지금 오간 데가 없지만 졸시 「편지」 속에 인용돼 있었다.

詩人 朴龍來의 글발은
언제나 詩的이다
철철 넘치는 情을
수줍게 따뤄놓는
샘물이다
大邱에 내려온 지
넉 달만에 닿은
大田의 편지

─그 무렵 大邱驛舍 근처에 白馬라는 호젓한 茶집이 있었지요. 단조롭기 列車食堂처럼 꾸며진 室內에 홀로 검은 피아노 한 台는 참으로 쓸쓸하더군요. 지금도 大邱라면 그 茶집에 放置하다시피 놓였던 奏者없는 검은 피아노 한 台가 선연히 떠오릅니다.

'奏者없는 검은 피아노 한 台가 印象的이었다'─고
새삼 증언하고 나선 나의 女人은
남모를 宇宙토킹에
단단히 맛을 붙인 모양
언제나 「만난다」를 「맛난다」로 적고 있으니

시 속에 나오는 '여인(女人)'은, '주자(奏者) 없는 검은 피아노 한 대가 인상적이었다'고 증언하고, 시를 사랑하고 좋아하는 나보다 두 살 연상의 현지 과수댁이었다. 서울의 어느 여성 시인이 자기 언니뻘 되는 사람이라고 거래객도 확보할 겸 시 지도도 해줬으면 하는 것이었다. 하기야 현지에 부임하자마자 고객유치를 하기도 전에 그녀가 먼저 창구에 나타나주었던 것이다. 벌써 20여 년의 세월이 흘렀지만 그녀가 도미(渡美)한 후의 소식은 알 길이 없다.

각설(却說)하고 또 한 통은 나의 시집평을 곁들인 것이었는데 76년 처서(處暑)에 보내온 것이었다.

金光林 詞伯

그간 안녕하셨습니까.

늘 잊지 않으시고 우정으로 보내주신 詩集 『겨울 散策』을 진심으로 감사합니다.

―氣呵成. 숨을 죽이고 讀破했습니다. 그만큼 저에게 緊張感을 주는 시집이었습니다.

風雨에 씻겨 더욱 선연한 칸나 꽃물, 맨드라미 꽃물처럼 선연한 感動의 彈奏.

떨리는 懊惱 때문에 더욱 아름다운 詩行들이었습니다.

詩의 更新, 詩의 無限한 更新을 위하여 全身投球하는 詞伯을 새삼 존경합니다. 거듭 축하드립니다.

한번 들어서면
살아서는 다시 돌아나오지 못한다는
칼멜 修女院   ―<禁忌>

아아, 칼멜 修女院에는 古色蒼然한 『黑水仙』이 幽閉돼 있습니까?

깊이 詞伯의 건승을 빌며

76년 處暑
朴龍來

이 편지글 속에 나오는 시집 『겨울 散策』은 졸시집 『한겨울 散策』의 '한'자를 빠뜨린 듯하다. '禁忌'는 졸시의 인용구(引用句)이다.

이 무렵 나는 '詩로 써본 詩人論'과 '詩人메모'를 시도하던 때라 그에 대한 메모도 놓치지 않았다.

葉書
－朴龍來에게

콩서리의 불길은 보이지 않지만
들판엔 구수한 紫色 연기

눈시울이 따가와
눈물도 많다
소매깃 적셔 적셔
즐기던 콩서리 그 아이

語彙의 우밭이다
그대 작품은
暮昏의 낟가리에서
검불을 깡그리 추려낸 짚 한 단

土房
누룩 뜨는 내음에 취해 있는 사람

龍來여
거리의 煤煙은 눈물을 말린다

――게 있거라 그냥

용래 형의 시에 대한 발상에는 다분히 일본의 하이꾸(俳句)적인 데가 있다. 이 하이꾸는 요즘 세계적으로 보급되어 있는 듯하다. 지난 80년대 후반에 미국 서부 여행을 한 적이 있는데 샌프란시스코 거리에서 일어와 영어로 '하이꾸 모임'이라 써 붙인 간판을 본 일도 있다. 우리나라에도 진작부터 이와 유사한 일본의 '당까(短歌) 모임'이 있는 걸 알고 있다.

그는 사상이나 인생관 같은 것을 별로 드러내지 않고, 정황(情況)만 그려 배경에다 심정을 염색해놓고 있다.

순수 일변도의 눈물이 많은 시인이었다. 짧은 발상에는 무엇보다도 감성이 중요한데 보고 듣고 느낀 것을 응축하기 때문에 말에 대한 보다 뛰어난 감각이 필요하다.

같은 것을 보니도 그것을 어떻게 요리할 것인가. 그것이 감성이다.

그의 시는 예술성과 오락성에 중점을 둔 듯하다.

2. 시인은 가고 되살아난 시

오랜만에 낡은 잡기장을 뒤지다가 그냥 지나칠 수가 없는 시작(詩作)과 관련된 메모를 만났다.

50대 중반의 목월(木月) 시인과 40대 초반의 필자와의 사이에 오간 대화 한 토막이었다.

朴木月씨를 만나다.

—김 형의 이번 시(「窓」) 좋은데 일급의 시라고는 할 수 없겠더군요. 이 일급은 세계적인 수준에서 말이지만….

…박 선생의 「砂礫質」, 근래의 것은 처진 것 같습니다. 평범해진 것 같더군요.

—그겁니다. 평범을 의식하고 쓰고 있지요. 감성이나 감각, 지성에 얽매이지 않고 대패로 슬쩍 밀어도 만질만질한 그런 상태의 시를 생각하는거지요.

…대개 평범을 비범화하는 작업을 하고 있는데 평범을 의식하다니 재미있군요. 그런데 평범을 의식한다는 것 함정이 아닐까요. 젊은 사람이 이런 작업을 의식했다가는 당장 함정에 빠져버릴 겁니다.

—종길 형에게 나의 근작시를 봐달랠 생각입니다.

…박 선생은 쉬르적인 시작을 별로 하신 것 같지 않은데 이것까지 거쳐서 평범화를 의식한다면 납득이 가겠습니다만…, 어쩐지 살얼음판을 가시는 것 같습니다.

* * *

—김 형은 한 편 한 편의 詩作을 어떻게 하지요? (작시 태도를 말하라는 듯)

…試作으로 하고 있습니다.

—나는 언제나 한 편 한 편을 頂上으로 쓰고 있어요.

…저는 완성품보다는 새로운 가능성을 놓고 쓰는 거지요.

* * *

—南秀의 시는 튕겨지는 것이고, 兮山의 것은 밖에서 나는 소리이고, 나의 시는 스며드는 것을 노리고 있지요.

…未堂·兮山은 갈 데까지 다 간 것 같더군요.

이 메모 끝에는 1970년 12월이라 적혀 있었다.

30년이 지난 이 시점에서 이 대화내용을 새삼 음미해보니 감회가 새롭다. 시작(詩作)에 대한 견해 차이는 여전하지만 목월 시인이 발설한 '일급의 시', 즉 세계적인 수준의 시가 과연 어떤 것인지, 짐작할 수 있는 실마리가 잡힌 듯해서.

그것은 국제펜에서 발행하는 PEN INTERNATIONAL(NO.2 1988)에서 픽업된 시 「Hanbok」에서 비롯된다.

흔히 목월 시 하면 대뜸 「나그네」와 「閏四月」을 떠올린다. 그리고 절로 입가에 시구가 새어나올 정도이다. 하지만 이 「한복」을 아는 사람은 드물다기보다는 거의 없었다. 필자 자신도 국제펜의 지면을 대하기전엔 까마득히 모르고 있었다. 시에 관한 이야기라면 기탄없이 하던 사이였는데도 목월 시인은 이 작품에 대해 아무런 언급도 한 바 없었다.

필자는 펜 클럽과 아무런 연관이 없었기 때문에 한국펜이나 국제펜에서 무슨 일을 하고 있는지, 또 어떤 간행물이 나오고 있는지조차 모르고 있었는데 오랜만에 만난(문상차 온) 펜 회장 김시철을 통해 나의 시야가 좀 트이게 되었다.

아내를 여의고 소침해 있는 나에게 그는 영문판 펜에 게재할 시를 달라는 것이었다. 그것도 한두 편이 아니고 다섯 편이나. 다섯 편씩 다섯 명을 묶는다는 것이었다.

구미가 당겨도 "나 회원 아닌데" 하고 사양을 해보았으나 내 기(氣)를 살려주려고 나서는 그의 설득에 그만 응하고야 말았다.

KOREAN LITERATURE TODAY(NO.1 1999)에 내 시 5편이 정소영 영역으로 게재되었다.

봄철의 일이었는데 초여름의 어느 날 김시철한테서 전화가 걸려왔다.

나의 시 한편이 국제 펜 기관지(PEN INTERNATIONAL volume49, NO.2 1999)에 전재되었다는 소식이었다.

어느 시가 소개되었느냐고 물었더니 제목이 없다는 것이었다. 제목이 없다니? 하고 재차 다그쳐 묻자 '0'이라는 기호(記號)만 있다는 것이었다. 그게 제목이라고 일러주고 피차 한바탕 웃었다.

여기에서 필자는 비로소 국제펜 지상에 우리의 시가 얼마나 소개되었는지 캐물었다. 대답은 간단했다. 박목월의 「한복」이 있을 뿐이라는 사실을 알게 되었다.

한국 펜에서는 이 땅의 주요시인 몇 사람의 영역 특집을 두 번씩이나 해서 10편씩 소개한 바가 있는데, 목월의 「한복」도 이 중의 하나였다. 무릇 우리가 애송하는 목월 시인의 초기 시는 동요적인 가락을 지닌 감정이입의 전통적 서정시였다. 하지만 후기에는 서정의 재편성 내지는 지성에 억제된 새로운 서정을 시도한 듯하다. 인식의 공감대 형성에 관심한 흔적이 보인다. 그런 데서 비롯된 것이 「한복」이 아닌가도 싶다.

그러고 보면 이것은 어쩌면 우리 고유의 전통적인 것이 세계성에 맞닿는 경우라 할 수 있을 것이다.

졸시 「0」은 애당초 전통성과는 상관없는, 세계가 공유하고 있는 상황(은행업무)에서 비롯되고 있다. 하지만 0의 개념은 동양사상의 공허에서 그 패턴을 두고 있다고 볼 수 있다. 앙드레 지드가 「심달다」에서 불교사상에 심취하였듯이, 앙리 미쇼가 일본의 즈레즈레구사(徒然草)에 현혹되어 『Passage』를 집필했듯이 내 딴엔 노장(老莊)사상에 빈대 붙은 것이 외국인의 관심을 자아냈는지도 모른다.

이 「0」은 앞서 일본의 『98 詩と思想 詩人集』과 월간사지≪詩と思想≫ (1999, 1·2합병호) 베스트 컬렉션 100속에 픽업된 적도 있다. 그리고 ≪同誌≫(2000. 10)에서는 일·영역된 「0」을 ≪바잉갈 포엠≫에다 전재한 바도 있다. 나는 누가 시킨 것도 아닌데 곧장 「한복」을 일역하고 싶어져서 『朴木月選集』(1973)를 뒤졌다. 그리고는 번역의 됨됨이도 타진해 보지 않고 일본의 동인지 ≪ゆすりか≫(2000. 4)에다 기고 발표했다.

원시(原詩) 일(日)·영역(英譯)된 시를 소개하면 다음과 같다.

품이 낭낭해서 좋다.
바지 저고리에
두루막을 걸치면
그 푸근한 입김.
옷 안에 내가 푹 싸이는
그 安堵感은
어디서 오는 것일까.
毛髮은 거품으로 일어
먼 海岸線으로 뻗어가며 어는데
귀는
다른 바다의 소리를 듣는
요즈음 年齡을
눈은 쌓이고
바람은 언 땅 위로 휘몰려도
햇솜을 푸짐하게 놓은
韓服.
그것은 입성이 아니다.
비로소 돌아오는 질기고 너그러운
숨결이 베틀질한 씀씀한 生活.
肉身을 쌓안아 肉身을
벗게 하는

무명 바지 저고리에 玉色을 물들인
韓服.

*　　*　　*

幅がながたらしいので好い.
下衣と上衣に
間衣を着れば
なんとふくよかな衣裳であるか.
着物に深くおおわれるわたし
その安堵感は
何處から來るのだろう.
毛髮は泡となって立ち
杳く海岸線にまで及びながら凍るのに
耳は
よその海の音を聽いている
この頃の年齡を
雪は降りつもり
風は凍った地上に押し寄せても
新棉をたわわに敷いた
韓服.
それはもう着物ではない.
やつと取り戻された
強靭で寬容な息吹きが
機織った艶やかな生活である.
肉身を抱きしめて
肉身を脱がしている.
木棉の上衣と下衣に
薄水色を梁めた
韓服.

朴木月(1916〜1978)のこの詩は PEN International(NO.2 1998)に載ったのを
同誌(NO.2 1999)に詩「0」がとりあげられた金光林氏が原文から直接譯し
たものです(編集者 注)。

*　　*　　*

Hanbok

I like hanbok because it's roomy:

pants, blouse, and coat

are warm, homey apparel.

Those feelings of reassurance

that wrap me when I wear hanbok,

where do they come from?

My hair, turned foam, freezes

as it stretches to the distant shoreline

I'm at an age when

my ears

hear the sound of a different sea,

an age on which snow is piling.

Winds lash the frozen land

but my hanbok is amply padded.

Hanbok isn't just apparel.

It is the weave-with breaths strong and liberal-

of a stolid life homeward bound.

Cotton pants, blouse, coat-

dyed jade:

hanbok wraps the body and in doing so

lets me strip the body away.

—Translated by Kevin O'Rourke.

이 시에서 나의 관심을 자아낸 구절은 "그것은 입성이 아니다. / 비로소 돌아오는 질기고 너그러운 / 숨결이 베틀질한 씀씀한 生活 / 肉身을 쌓안아 肉身을 / 벗게 하는"이라는 대목이었다.

옷은 육신을 가리고 싸안아 보호하고 치장하는 것일 텐데, 그는 "肉身을 싸안아 肉身을 벗게 하는" 것으로 한복을 승화시키고 있다. 이런 발상은 전통성을 초월하고 국제적인 감각을 벗어난 글로벌한 경지, 즉 전세계적이고 전지구적인 것에의 발돋움이 아닌가도 싶다. 국내에서 도외시했다기보다 미처 눈길을 돌리지 않았던 목월 시에 이제야 서광(瑞光)이 비쳐든 셈인데, 그보다 진작 그가 나에게 '세계적인 수준의 시' 운운한 말이 귓가에 다시금 쟁쟁히 울려와서 가슴 벅차다.

3. 우리 시에 대한 해외의 관심

신사년 정초 무렵은 부산했다. 이 땅에서는 지난해 2000년에 신세기 맞이를 해버렸기 때문에 차분한 편이었지만, 나 개인적으로는 어리둥절했다. 연초에 신간 개인시집이 10여 권이나 쇄도했고, 이웃 나라 일본에서 뜻밖의 신간서적이 날아들었기 때문이다. 우리가 혹은 나 자신이 아직 이루지 못하고 있는 것을 그들이 한 발 앞서 해버린 것이다.

나는 지난 90년대 중반부터 ≪현대시학≫을 비롯해서 ≪문학과 창작≫ 계간 ≪현대시사상≫ ≪문학예술≫ 등에다 「일본현대시산책」을 연재하거나 단편적으로 게재한 바 있다. 쇼와와 전후 및 민주 일세대의 시인론을 중심으로 시계(詩界)의 동향이나 시작(詩作) 경향 및 대담(對談) 등이 그것이다.

단행본 두 권 분량은 족히 됨직 하나 지금까지 우물쭈물 해왔다. 디지털시대의 출판 경기 부진 탓도 있지만, 아직 일본의 고급문화를 수

용할 자세가 덜 된 것 같아 갈피를 못 잡고 있었던 것이다. 이 때 불쑥 날아든 세 권의 책, 그것은 사가와 아끼(佐川亞紀)의 『韓國現代詩小論集』과 히로오카 도미(廣岡富美)의 『韓國近代時調選集』 및 가집(歌集) 『光化門』이었다. 앞의 시론집과 시조선집은 월간시지 ≪詩と思想≫을 발행하는 곳에서 나왔는데 저자들로부터 직접 기증돼 왔다.

사가와는 오래 전부터 친분이 있는 40대 후반의 장년 여성이지만, 책으로 처음 대하는 히로오카 가인(歌人)은 70대 노파였다.

이들이 오래 전부터 한국의 시와 시조에 관심하여 집필해온 것임을 알았을 때 또 한 번 놀랐다. 근래 한국어를 공부하는 일본인이 꽤 있다는 사실을 진작부터 알고 있었지만 책으로 엮어져 나올 줄이야!

히로오카는 최남선(崔南善)부터 김상옥(金相沃)까지 12명의 시조를 많게는 16편, 적게는 5편 이상 일역해서 작가 소개를 곁들여 일·한대역판으로 엮어내고 있다. 그녀가 시조의 원칙을 얼마나 지켜가며 작업을 했는지는 차치하고라도 아무도 일본의 당까나 하이쿠(俳句)집 하나 제대로 소개한 바 없는 우리로서는 선수를 빼앗긴 아쉬움도 없지 않다.

상내가 생년부지의 가인이라 이력을 살펴보았더니 30년에 대구에서 출생하여 포항고녀 3학년 때 패전을 맞아 오오사카(大阪)에 돌아가 전문대를 졸업하고 중·고교 교사로 있다가 정년퇴임 후 한국에 건너와 2년 8개월 동안 고려대학교에서 국어문화연구원으로 있으면서 이 작업을 한 듯하다.

가집 속에 나오는 당까는 거의가 한국의 풍물이 대상이 되어 있다.

이 중,

川底に幾百の犠牲か沈みいむ渡らむとして殺されし歴史に

강바닥에 몇 백의 희생이 가라앉아 있네 건너려다가 살해된 역사에

「임진강(臨津江)」 파트 속에 나오는 한 수(首)인데 18세 때 혈혈단신 임진강의 상류인 한탄강을 건너온 필자에겐 너무도 절실하게 목 메이는 구절이다.

한편 90년대 초에 오구마 히데오(小熊秀雄)상을 수상한 바 있는 사가와는 아시아시인회의 등을 통해 우리나라 시인들과도 꽤 교분이 있다. 우리말은 서툴러도 우리 시를 일역하는 솜씨는 능숙해 보인다.

한때 그녀가 동인지 ≪潮流詩派≫에다 한국시인 소론을 연재하고 있는 것을 본 일이 있는데, 이번에 이를 보충하여 '새로운 세대(世代)의 예감(豫感)'이란 부제(副題)를 달아 『한국현대시론집』을 펴내기에 이른 것이다.

이 책 띠(帶)지에 이런 글이 적혀 있다.

"20세기 구미(歐美)에만 쏠리던 눈길을 일본의 시인들이 최근 10여 년 이웃나라 한국을 향해왔다. 이 책은 그 성과를 받아 초기부터 현대에 이르는 시와 시인의 조감도적 기술(記述)을 통해 한국 민중의 마음속에 흐르는 생각과 그 역사, 미래까지도 일본의 독자에게 알린다. 21세기의 한일 교류를 위한 가치 있는 안내서"라고 모두 39명의 시인이 언급되어 있는데 '1.신세대의 물결 20명', '2.확립기의 시인들 속에서 14명', '3.초창기의 시인들 속에서 5명'을 각각 다루고 있다.

마지막으로 한국현대시의 성과와 가능성에 대해서는 '1.테마와 방법의 다양성, 2.민족과 세계와, 3.각 특징과 주요시인, 4.한국시의 가능성과 다면적 상호이해의 필요'를 폭 넓게 조망 강조하고 있다.

片片想・Ⅱ

4. 파일을 챙기다 보니

젊었을 때는 벌려놓은 것을 제대로 수습도 않고 방치해두기 일쑤였는데 요즘엔 그것을 챙기느라 시간 가는 줄 모른다. 노경(老境)에 접어들어 할 일이 없어 그런 게 아니라 은연 중 정리하고픈 심정이 생겨나기 때문이다.

책으로 묶어지지 않은 시작(詩作)이나 평문 잡문을 비롯해서 메모해둔 것, 그리고 자신에 관한 님의 그들과 추억거리 등을 챙겨놓게 된다. 어쩌면 벌려놓은 것을 챙긴다는 의식보다 시작(詩作)한 것을 슬슬 마무리 지으려는 데서 오는 현상인지도 모른다. 그래서 어느덧 책보다 파일을 더 소중히 여겨 정리한 물건을 책장에 수북이 꽂아놓는데 취미가 붙어버렸다. 어느 파일에 무엇이 소장되어 있는지는 잘 몰라도 멍청히 생각에 잠겼다가 이것저것 뒤지다보면 추억을 되살려주는 것이 나타나준다.

본고를 4월 5일까지 달라는 편집자의 요청을 받고 문득 떠오른 것이 있었다. 1997년 4월 5일에 이승을 하직한 알랜킹즈버그 생각이 그것이다.

그와는 이 땅에서 두 번째로 개최된 세계시인회의 때 만났다기보다 보았다. 아니 본 데 끝난 게 아니라 악수도 나누고 사진도 함께 찍었으니 만난 셈이 된다. 일본의 국제적인 여성시인 시라이시 가즈코 덕분에 그리 되었다.

88올림픽 다음 다음 해던가, 문덕수(文德守)시인이 주관한 이 모임에는 세계 여러 나라에서 꽤 알려진 시인들도 참가했다. 이를테면 미국의 깅즈버그, 소련의 앙드레 브즈네샌스키, 천안문(天安門)사건으로 고국을 떠난 베이다오(北島), 유고의 알렉산더 베드로프 등, 일본에선 40명이나 참가했는데 이때 시라이시 가즈코는 자신의 저서를 한 보따리 갖고 와서 몽땅 나에게 건네주었다. 덕분에 후일 고려원에서 『현대세계시인선』 속에 그녀를 세 번째로 지목해 왔을 때 크게 도움이 되었다.

대회 첫날 나는 뒤늦게 오는 일본 시인 둘(小海·齋藤)을 맞기 위해 공항에 나가 있었다. 평소 친분이 두터운 사이였기 때문에 어쩔 수 없었다. 그런데 대회장에서는 깅즈버그 발언 때문에 큰 파문이 일고 있었던 모양이다.

시라이시 가즈코의 글에 의하면,

> ……가족적인 이 詩祭에 다이너마이트를 던진 것은 첫날의 파네리스트 알랜·깅즈버그. "이 나라에는 옥에 들어가 있는 훌륭한 시인들이 많다." 이 폭탄 발언에 깅즈버그의 마이크는 중단되고 주최자측 몇 사람이 공격에 나섰다. "미국도 마찬가지." 회의장이 험한 분위기에 휩싸였을 때 오직 하나밖에 남아있지 않은 마이크를 잡고 유고의 베트로프가 깅즈버그 구출에 나섰다. 그는 밝게 노래하는 듯한 목소리로 "금세기의 포에트리는 그것을 넓히려고 하면 어김없이 모종의 옥에 들어갈 운명에 놓인다." "시인이 아니라 시에 대해 말하고 있는 거다"라고 그는 다짐했다. 사태

를 염려하던 회의장 사람둘은 일제히 환성을 지르며 손뼉을 쳤다. 이것으로 일단락. 그 위트와 어디까지나 시인의 말, 정치가가 아닌 시인의 이미지의 말로써 해야 할 말은 베트로프의 태도와 발언에 감탄했다.

소련의 보즈네샌스키는 발언하기 전에 "몇 해 전의 일이지만 소련의 미사일이 한국의 여객기를 격추한 그 사건은 참으로 부끄럽다 부끄럽다"고 쉐앰(Shame)을 몇 번이나 되풀이하며 사죄의 뜻을 나타냈다.

이와 같은 국제회의에서는 문학이 테마라고는 하지만 뿌리 깊은 두 나라 사이의 응어리, 상처가 있을 경우는 그것에 동정과 예의로 대함이 없이는 참다운 문화교류도 이해 발전도 있을 수 없다.

이 글을 읽고 당시의 대회장 분위기를 짐작할 수도 있지만 필자 자신은 베트로프의 발언보다 보즈네샌스키의 사죄의 말이 더 가슴에 와 닿았다. 역시 시인은 양심의 덩어리라는 생각이 들었다. '90세계시인회의의 성과는 이걸로도 충분하다는 느낌이 들 정도였으니까.

대회 마지막 날, 시 한 편 낭독하는 데 2~3분이면 족한데 국제적으로 알려진 깅즈버그, 보즈네샌스키, 시라이시에게는 각각 20분씩 배당되었다.

두 번째로 나신 시라이시는 나까지 무대 위에 불러내어 일부 번역시 소개도 부탁했다. 그러다 보니 시간이 좀 지체된 듯했다. 다음 차례의 깅즈버그가 낭독을 마치자 시라이시에게 다가와 투덜대는 듯했다. 시라이시의 중재로 우리는 악수를 나누고 셋이 사진도 찍었지만 그가 물러나자 시라이시가 말했다. 깅즈버그가 자기 시간 5분을 뺏어갔다고 짜증내더라고 하긴 나까지 무대에 세운 데서 착오가 생긴 듯하다.

그 후 8년이 다 되어 가는 어느 날 깅즈버그의 추모회 안내장이 날아들어 깜짝 놀랐다. 4월 5일에 간 그를 6월 29일에 그것도 미국이 아닌 일본에서 추모행사를 갖는다는 것이었다. 이 땅에서의 추모는 주로 동족끼리의 행사이지 외국인은 거의 없었던 것 같다. 하지만 일본에선 예사로 행해진다. 얼마 전엔 스페인의 시인 로루카의 추모행사가 있었던 걸로 알고 있다.

시라이시가 깅즈버그의 추모에 나를 부른 데는 그 나름의 이유가 있다. 그 무렵 나는 일본 M대학 객원 연구원으로 가게 되어 있어 참석에 별 지장이 없을 것으로 알고 권유한 듯하다. 그녀의 사연은 이러했다.

곧 오신다고 생각하니 대단히 기쁩니다. 아마 6월 29일에는 이쪽이라고 여겨져 알랜 깅즈버그를 추모하는 모임의 안내장을 동봉했습니다.

서울에서의 대회에 깅즈버그가 건장한 모습으로 나타난 것이 고작 몇 해 전이었는데, 사람의 운명은 알 수 없군요.

지금부터 함께 보낼 즐거운 시간을 생각하고 있습니다. 오늘은 다카하시(高橋睦郎)씨와 전화 통화를 했습니다. 해마다 8월 초에 즈시(逗子) 해변에서 술을 마시고 뭔가 맛있는 것을 먹으면서 여름밤의 불꽃을 즐기지 않으렵니까. 진지한 것도 좀 합니다.

문학 얘기를 한다든지, 시 낭독회라든지 여러 가지 있습니다만 7월 5일 저녁 일곱 시에 도쿄 아오야마(靑山)홀에서 미국의 게리슈나이더가 시 낭독을 합니다.

7월 23일—시라이시—근대문학관에서 개인적인 시의 역사를 여성시(史)의 입장에서 이야기합니다.

8월 4일은 六本木, 로마닛세스 카페에서 밤에 「남아프리카의 밤」이란 제목으로 이야기와 시 낭독.

일본에 오면 여기저기에서 끌어당겨 몹시 분주하리라 생각하여 우선 나와 관련된 것만을 알려드립니다.

언제 오시나요? 많은 팬이 가슴을 두근거리며 기다리고 있겠지요. 그럼 안녕히.

1997 June 10 白石가즈코

동봉한 안내장 서두에는 이런 말이 적혀 있었다.

대학의 객원연구원으로 가기 전 어느 시동인체의 초청으로 잠시 그곳에 가 머물게 되었다. 그래서 긩즈버그의 추모 행사에도 얼굴을 내밀 수 있게 되었다. 나에게도 한 마디 하라기에 넥타이를 맨 정장차림의 긩즈버그 모습을 대하니 노타이 차림의 내가 오히려 비트나 히피 같지 않느냐고 했더니 모두 웃었다. 하긴 우리나라보다 더 무더운 한여름의 도쿄에서 정장차림이란 생각도 못할 일이었다.

이렇게 익살부터 부리고 나서 세계시인회의 서울대회에서 그를 만난 것이 처음이자 마지막이 되었음을 강조했다. 그때 그의 나이 64세, 나는 61세였다. 이어,

'古代로부터의 神聖한 관계를 동경하여 계속 추구하고 있는 점은 변하지 않는 듯 합니다만, 누더기 셔츠를 입고 멍청한 눈으로 담배를 피우는' 히피 스타는 아니었습니다.

뛰어난 영미문학 교수로서 미국 예술원 회원으로서 어쩔 수 없는 체재시인이었습니다.

'해골의 창에 관한 외설적인 시에 열광하여 그것을 발표했기 때문에 대학에서 쫓겨난' 시인이 다시 대학에 영입되어 미국을 대표하는 체재시인이 되어있는 데 놀랐습니다.

하지만 틀림없이 한때 그는 비트의 환상을 공유하고 있었다 하겠습니다.

'狂氣에 의해 파괴된 세대의 최고의 정신'의 이미지가 정착하고 비트는 젊은 세대에 커다란 영향을 끼친 모양입니다만 한국에서는 한때 회오리 바람으로 스쳐 지나갔습니다.

긴즈버그는 그의 이름을 높인 시집 『짖는다』에 의해 20세기 후반의 세계 시단을 떠들썩하게 한 가장 중요한 시인이 아닌가 여겨집니다.

이렇게 한 마디하고 단상을 내려왔다. 하지만 나는 비트시에 별로 관심을 기울인 바도 없고, 지금도 그러하다.

5. 위대한 시 한 편인들 써낼까

헌책을 챙기다 보니 이번엔 전봉건 형이 편집한《文學春秋》(1964. 7)에서 대여(大餘) 김춘수(金春洙)시인의 상반기 작품평을 만나게 되었다. 진작 37년 전에 대한 바 있는 '화제(話題)를 찾아서'가 그것인데 열 명 남짓한 시인이 거론되고 있었다. 전봉건·김종삼·김수영 그리고 필자의 작품에 초점이 맞춰져 있었는데 졸작에 대한 시시비비가 제일 많았던 것으로 알고 있다.

제목 밑에 부제처럼 "■김광림(金光林) 「석쇠」(思想界 4월호) ■김종삼(金宗三) 「나의 본적(本籍)」(現代文學 1월호) ■김수영(金洙暎) 「우리들의 웃음」(文學春秋 4월호) 기타"로 표기되어 있어 잠시 나는 머리를 가우뚱했다. 본문을 읽어보니 김종삼보다 전봉건의 「속의 바다(10)」가 더 거론되어 있었기 때문이다.

흔히 편집자는 지면을 마음대로 주무르는 탓인지 자기과시에 열을 올리고 있는 경우를 종종 보게 되는데, 그는 나서도 되는 판국인데도 사양하고 한 발 물러나 있었던 것이다.

지금까지 시단 총평이니 월평이니 하는 논평이 얼마든지 있는 판에 유달리 이 글에 끌린 데는 필자 나름대로의 이유가 있다. 그것은 3부 연작 형식을 취한 졸작 「석쇠」를 놓고 종횡으로 비평을 가한 데 끝나 지 않고 다른 시인의 작품과도 비교하면서 이 시의 특성이랄까, 이질 성을 기탄없이 규명하고 있었기 때문이다. 이런 비평을 나는 일찍이 대해본 적이 없었다.

(前略)
　上半期의 시에는 몇 개의 화제를 찾아볼 수가 있었다. 그것은 주로 언 어와 이미지의 사용에 관한 것인 동시에 그 언어와 이미지의 사용 밑바 닥에 도사리고 있는 시인의 世界觀에 관한 것이다. 가령, 다음과 같은 경 우들이 있다.

도마 위에서
번득이는 비늘을 털고
몇 토막의 斷罪가 있은 다음
숯불에 누워
香을 사르는 물고기.

病院으로 가는 긴 迂廻路
달빛이 깔렸다.
밤은 에델로 풀리고.
擴大되어가는 아내의 눈이
달빛에 깔린 긴 迂廻路
그 속을 내가 걷는다.
흔들리는 남편의 모습.
手術은 무사히 끝났다.
메스를 카아제로 닦고……
凝結하는 피,

前者는 金光林씨의 「석쇠」(思想界, 4월호)의 第 一聯이고, 後者는 朴木

月씨의 「迂廻路」(思想界, 5월호)의 前半部이다. '斷罪'와 '香을 사르는' 이
란 말들은 상징으로, 즉 비유로 쓰이고 있지 않다. 이것들이 만약 비유라
고 한다면, '물고기'는 우스운 것이 된다. '물고기'를 두고, 종교적인 決
斷(「斷罪」)과 그 儀式(「香을 사르는」)을 생각한다는 것은 이치(外延으로
서의 의미)에 닿지 않기 때문이다. 여기 動員된 이미지들은 그러니까 敍
述적(descriptive)이다. 시를 낳게 하는 觀念體系가 없고, 단지 언어와 이미
지에의 美感이 있을 뿐이다. 그것으로 된 詩다. 일종의 純粹詩다. 그런데
작자가 의식했건 의식 못했건 간에, 독자로서는 '斷罪'와 '香을 사르는'
의 이 두 말의 연결에서 묘한 뉘앙스를 느낀다. (일단 비유로서 받아들였
다가, 나중에사 그것의 잘못임을 깨닫는다) 결국은 그 뉘앙스는 작자의
제스추어에 지나지 않았다는 것을 깨닫게 되지만… 이리하여 '斷罪'란
말은 새로운 次元의 詩的리얼리티를 획득하게 된다. (비유를 가장하면서
서술적 이미지를 보인 일은 과거에 별로 보지 못했다) '香을 사르는'도
그렇다.
   金光林씨는 언어와 이미지에 몹시 민감하다. 이 시의 경우처럼 그 민감
함이 기회를 잘 포착했을 때는 참신한 미감을 자아내고 시적 리얼리티를
드러내지만, 그 민감이 기회를 잘못 포착했을 때는 아슬아슬한 줄타기를
보는 것 같기도 하고, 詩的넌센스를 드러내기도 한다.

   날마다 太陽은
   投網을 한다.
   은어떼가 걸리면
   快晴이고
   어쩌면 비린내는
   曇天과 같다.

   이러한 聯에서 아슬아슬한 曲藝를 느끼고, 다음과 같은 聯에서는 詩的
넌센스를 느낀다. 따라서 모두 실패한 부분이라 하겠다.

   나란히 선
   계집아이들의 縱橫

秩序의 꽃밭,
머리를 갸우뚱,

　'계집아이들의 縱橫', '秩序의 꽃밭'들은 이미지로서 넌센스다. 朴木月씨의 경우, 반대의 것을 볼 수있다. 이미지가 서술적인 듯하면서 그러나 배후에 어떤 관념을 늘 거느리고 있다. 단적으로 말하면 생활의 체취가 짙게 시에 스며들고 있다고나 할까. 실은 이 '생활의 체취'가 '어떤관념'을 풍겨주고 있는 듯하다. '病院으로 가는 긴 迂廻路', '凝結하는 피' 등은 아무래도 意味가 그것만으로 그치고 있지 않는 듯이 보인다. 작자의 감회가 자꾸 고개를 내밀 듯이 하고 있다.
　朴木月씨도 언어와 이미지에 민감한 편인지만 金光林씨만큼 결백하지는 않다. 그리고 실패한 경우거나 성공한 경우거나 朴木月씨의 언어와 이미지에는 어딘가 상식적이고 리얼리티의 强度가 약한데 비하면 金光林씨의 그것들은 실패와 성공을 고사하고 실험적이고 자극적인 데가 있다. 金光林씨는 우수한 시인이 가진 資質은 가지고 있다고 생각되나 위대한 시는 단 한편인들 써낼까. 지금으로는 의심이 간다. 지나치게 唯美的으로 기울어지고 있고, 또 품격도 볼 수가 없기 때문이다. 그러나 金光林씨의 시는 朴木月씨 보다도 훨씬 造型的이다.

　위의 논평에서 졸작 「석쇠」 Ⅰ연에 대한 평자의 천착이 미치 필자가 의식하지 못했던 순수시(純粹詩)의 영역까지 이르고 있는 것을 알 수 있다.

　「석쇠」 Ⅱ연은 아슬아슬한 줄타기를 보는 것 같고, Ⅲ연은 실패한 부분으로 지적되어 있다. 이 작품은 세 번째 시집 『午前의 投網』(1965)에 수록되어 있는데 후에 한국대표시인100인선집 『들창코에 꽃향기가』(1991)에서 Ⅲ연은 삭제해 버렸다.

　Ⅱ연은 발췌한 것(앞서 인용된)과 시집 속에 수록된 것과는 다소 차이가 있다. 설명적인 부분을 삭제해버렸기 때문이다.

날마다 太陽은
投網을 한다.
은어떼는
快晴이고
비린내는
曇天과 같아

　여기에서 유미적(唯美的)으로 기울어져 있다는 지적에 대해 한때나마
그런 적이 있었음을 솔직히 시인한다. 즉『心象의 밝은 그림자』에서
『午前의 投網』을 쓸 무렵이 그러했다. 그때 나는 실직과 가정파탄으
로 자살의 유혹까지 받고 있었다. 하지만 현실이 어두울수록 좀 더 밝
고 아름다운 것을 동경해야 한다는 심정이 싹터 스스로를 구제하는 데
이바지한 듯하다. 그리고 보면 시는 나의 종교일 수밖에 없다는 생각
이 들기도 한다.

　대여(大餘)의 글 속에 '위대한 시'라는 표현이 나오는데 지금껏 나는
그러한 시를 한 편도 쓰지 못했다. 앞으로 남은 생애에 쓰리라는 보장
도 없다. 위대한 시의 기준을 어디다 설정해야 할지 막막하지만 일단
릴케의 드위노「悲歌」나 엘리엇의「荒蕪地」, 또는 타고르의「기탄쟈리」
같은 데 둔다면 대여(大餘)의 염려대로 그런 위대한 시는 한 편도 못
쓸 것 같다.

　(중략)

　이상으로 나는 上半期의 시들 중 화제가 될만한 것들을 뽑아내 나 나
름의 해석을 붙여본 것이다. 결국 내가 이들 시 중에서도 가장 흥미를
느끼게 된 것은, 金光林, 全鳳健, 金洙暎 三씨의 시라고 하겠다. 이 三씨
의 시가 한국 현대시에 印찍을 흔적을 나는 대략 다음과 같이 생각해본
다.

金光林씨의 경우, 純粹詩의 한국적 次元에 하나의 변동을 줄 가능성이
보인다. 시로서는 아직도 실험적인 단계를 벗어나지 못하고 있으나, 지
금은 그러한 몸놀림만으로도 어떤 흔적을 한국의 현대시에 남길 것 같
다. 시가 외곬으로 들어가 있기 때문에 亞流를 만들어내기가 어려울 것
이다. 그러나 그만큼 유리한 지점에 놓였다. 자기 詩의 빛깔을 유니크하
게 그리고 선명하게 언제나 내세울 수가 있기 때문이다.

한때 나는 순수파니 이미지스트로 낙인찍힌 바 있었는데 이러한 평
가는 바로 대여(大餘)가 논평한 데서 비롯된 것이 아닌가도 싶다.

6. 삭제 당한 시의 마무리

앞서 필자는 시 「석쇠」의 III연을 시선집 속에서 삭제한 사실을 밝
힌바 있지만 이것은 어디까지나 자의적인 퇴고의 일환으로 간주되어야
한다. 하지만 집필자의 동의도 없이 시행을 삭제한다면 큰 문제가 아
닐 수 없다. 설령 실수나 착오로 그리 되었더라도 결과적으로 시를 망
쳐놓는 셈이 된다.

단순한 교정상의 미스와는 차원이 다른 시작(詩作)평가에 결정타를
안기는 결과를 초래할 것이다.

근래 이런 경우를 두 번이나 당했다. 앤솔로지를 꾸미는 데서 이런
과오랄까 실수가 생겨난 것이다. 간혹 고의적으로 그랬다 싶을 때도
없지는 않지만.

지난 96년에 창간호를 낸 ≪한국지구시선≫에 수록된 졸시 「仁寺洞
에서」와 한국시협 '98연간사화집 『언어의 끝, 존재의 고랑』 속에 수록
된 시 「버섯에 관하여」가 바로 그것이다.

전자는 5행 후자는 4행이 각각 삭제돼 있었는데 그것도 시의 마무

리 구절들이 잘려나간 것이다. 한 편의 시에서 가장 중요한 대목이 마무리 끝귀절인데 이것이 잘리면 마치 실컷 달려와서 골인 지점을 눈앞에 두고 주저앉아 버리는 것이나 진배없다.

정기간행물에 수록된 작품이 그리 되었다면 다음호에 정정기사라도 낼 수 있으련만, 잠자코 있으니 당한 쪽만 냉가슴 앓을 수밖에.

본지 지난 호부터 시작한 연재물 「片片想」에도 오자가 몇 군데 있었다. 특히 일역시가 엉망으로 되어 있다. 일어의 기초도 안 된 기자가 교정을 보았는지 데(て)와 고(こ)가 혼돈되고 루(る)가 아들 자(子)로 둔갑해 있다.

한편 한자를 모르는 세대라서 그런지 글자 모양이 비슷한 염(染)이 양(梁)으로 바뀌고 같은 발음의 파(派)가 파(波)로 활자화되어 있었다.

片片想 · Ⅲ

7. 속박 속의 창조의 환희

구태여 국어사전을 들춰보지 않더라도 '속박'이란 말은 '얽매다'는 뜻이고, '해방'은 그것으로부터 '풀려나다'라는 뜻임을 알 수 있다.

'속박'이 없으면 '해방'이라는 관념도 생겨나지 않았을 것이다. 이처럼 '속박'과 '해방'은 반대개념이면서도 어쩌면 동일선상의 양극현상이라고도 할 수 있을 것 같다.

그런데 세상에는 숙명적으로 속박의 굴레를 쓰고 태어나는 사람도 있다. 이를테면 노예나 종의 존재가 바로 그런 부류에 속한다고 볼 수 있는데 무릇 현실에서는 그런 것을 찾아볼 수 없게 되었다. 다만 신체적 조건 때문에 속박 속에 놓여있는 존재, 즉 지체부자유자를 생각할 수 있을 뿐이다.

태어나면서 혹은 질환이나 사고로 인해 지체부자유자가 된 사람은 숙명적으로 속박을 감수해야 한다. 사지(四肢)가 멀쩡한 사람의 입장에서 보면 어처구니없는 형벌이 아닐 수 없다.

이와 같은 처지에서 삶을 누린다는 것은 속박을 감수하는 남다른 의지와 슬기가 있어야 할 것이다. 다시 말하면 신체적인 속박으로부터 벗어날 수는 없어도 정신적인 장애로부터는 해방되어야겠다는 뜻이다.

전에 우리나라를 방문한 바 있는 스티븐 호킹 박사는 전신마비의 지체부자유자지만 그가 생각하는 것과 그가 발설하는 신(新)학설은 오늘날 과학의 첨단적 경지를 가고 있다는 사실 앞에 우리는 숙연해지지 않을 수 없다.

당시 명문 캠브리지 대학의 교수로 재직 중이던 그는 48세의 나이에 이미 아인슈타인에 버금가는 과학자로 평가되고 있었다. 호킹이 이런 전설적인 인물이 된 것은 그가 극한적인 신체조건 하에 그것도 시한부 인생을 살면서 전우주의 시공간(時空間)의 역사를 꿰뚫어보려는 장엄한 집념을 불태우고 있었기 때문이다. 그야말로 우주의 생성과 미래를 통해 인류의 운명을 내다보는 입장에 있었다는 것을 알 수 있다.

세기말에 일본의 글벗 T시인이 알려온 바에 의하면 뇌성마비의 소녀가 오른쪽 엄지발가락으로 워드프로세서의 키를 8만 자나 두들겨 성장기(成長期)를 22편의 시에 담아 시집으로 엮어낸 사실이 화제가 되고 있다는 것이다. 입으로도 손으로도 나타낼 수 없는 자신의 생각을 발가락으로 표출해냈다는 이 사실은 충격이 아닐 수 없다.

그녀는 좋아하는 시를 통해 신체장애의 핸디캡을 초월하여 더욱이 생명의 고귀함과 멋진 것을 감동적으로 그려내 보여준다. 더욱이 놀라운 것은 그녀가 맑고 신선한 표현으로 작품의 수준을 높이고 있다는 사실일 것이다.

우리는 역경을 딛고 일어서면 인간승리를 말하지만 나는 이 말을 뇌까리기에 앞서 그녀가 겪고 있는 비애와 아픔을 생각하지 않을 수 없는 것이다. 이 정신적인 장애를 시를 통해 초극(超克)한 한 소녀의 속박으로부터의 해방을 엿보게 된다.

　　거문고의 기둥에 매어 있는 줄(絃)은 그것이 조금도 풀리지 않을 적에
음악이 된다. 그것은 속박되어 있기 때문에 미묘한 소리를 낸다. 하지만
그것은 전혀 속박되어 있는 것이 아니다. 그것은 속박 속에 창조의 환희
를 지니고 있다. 속박없이 창조는 없다. 속박을 초월하는 데 줄의 창조가
있다.

　이것은 인도의 시성(詩聖) 타고르의 말이다. 모르긴 해도 지체부자유
자에겐 하늘의 계시(啓示)와도 같은 말로 들릴지도 모른다. 설령 신체적
인 장애가 없다손 치더라도 어딘가에 혹은 무엇인가에 얽매어 있다고
여기는 모든 사람에게 해방감을 안겨다주는 말이 아닐 수 없다.

　전쟁 때 한 다리를 잃은 이웃 나라의 어느 시인은 고본옥에서 우연
히 펼쳐든 「타고르의 시와 말」이라는 글에서 이 구절을 발견하고 순간
마음의 눈을 떴다고 한다. 비록 외다리에 지팡이를 짚고 다닐망정 그
는 남들이 미처 뜨지 못한 마음의 눈을 뜨고 신체의 부자유를 초월한
세세에 들어서서 아름다운 가락을 울리는 거문고 줄(絃)의 경지에 다
다랐던 것이다.

　　지구가 무너진다
　　나만이 살아남을지 모른다
　　양 겨드랑이에 지팡이를 짚으면
　　지구와의 접합선이 세 곳
　　이 안정감을 살짝이 간수한다

이쯤 되면 불안을 느끼며 사는 정상인이 장애자가 될는지 모른다.

앞서 나는 엄지발가락으로 워드프로세서의 키를 두들겨 시를 쓴 장애인얘기를 했지만 대체로 신체에 결함이 있는 사람은 정상인 앞에 나서길 꺼려하는 것 같다. 맞닥뜨리면 또 몰라도 먼저 윙크를 한다든가, 아는 체 하지 않는 게 예사인 듯하다.

그런데 이 예를 깨뜨린 사람이 나타났다. '속박 속에 창조의 환희를 지닌 사람'이랄까.

20세기 마지막을 보내는 세계시인제 2000 동경(東京)('地球'주최)에 참가했을 때의 일이다.

공동 테마인 「20세기 속의 나」를 강연하고 나서 잠시 휴식을 취하고 막 식장에 들어섰는데 뒤에서 옷자락을 잡는 걸 느꼈다. 뒤돌아보니 젊은 사내 둘이 서 있고, 중간에 젊은 여성이 휠체어에 앉아 있었다. 그녀의 눈짓과 음성으로 두 남성이 행동에 옮기는 듯했다.

말로 표출되지 않은 신음소리 같은 음성이 나자 한 젊은이가 "김 선생이시죠" 하며 메모지 같은 걸 불쑥 내밀었다. 남북 이산가족 상봉과 관련된 <동경신문>이었다. 내 글과 얼굴이 거기 있었다. 그녀는 나를 알아보고 부른 것이다. 「목숨의 노래」·『마사코(雅子)의 청춘』을 쓴 오카모도(岡本)였다.

그 흔해빠진 악수도 할 수 없고, 얘기도 안 통해 그저 반가운 표정만 지을 뿐이었다.

시중드는 한 남성이 사진기를 들이댔다. 그녀가 눈짓한 모양이다. 이쯤 되면 포즈를 취할 수밖에. 휠체어의 그녀와 나만이 서서 나란히 찍었다. 이 사진은 끝내 입수하지 못했지만 아무튼 그녀가 나보다 먼저 보고 느낀 걸 알 수 있다.

그녀의 시 「사는 테마」에 이런 구절이 나온다.

걷지 못하는 몫 달릴 수 없는 몫
마음 가벼이
자유자재로 손이 움직이지 않는 몫
눈동자를 숱한 것에
그것이 내가 사는 테마

과연 나는 30개국에서 온 세계시인들이 북적대는 그 속에서 그녀의
눈동자에 잡혔던 모양이다.

8. 세계적 앤솔러지에 누락되는 우리 시

후유증이란 말이 있다. 큰 일을 치를수록 후유증은 더하게 마련인 듯.
하긴 후유증이 있었기에 22년의 세월이 흘렀어도 또렷이 기억 속에
남는 게 있는 모양.

이 땅에서 처음으로 베풀어진 세계시인회의가 그것.

대체로 무사히 성대히 끝났다고들 하지만 어딘지 개운치 않은 일두
있었다는 게 나의 솔직한 심정이다.

국내적인 문제이긴 하지만, 사소한 말썽이 있었기 때문만도 아니다.
애당초 이런 모임을 달갑게 생각지 않거나 이 모임을 다른 목적으로
역이용하려는 세력들에 의해 시비가 있었기 때문만도 아니다. 실상 대
회 준비 기구는 거창했다. 고문단을 비롯해서 운영위원, 자문위원 그리
고 집행부의 각 부서 등. 하지만 문어 다리처럼 많은 기능이 일제히
움직여준 것은 아니었다.

어차피 일은 그것이 크건 작건 한두 사람이 꾸미고 진행하기 마련

이어서 자연 독주한다는 인상을 심게 마련이다. 더욱이 리더십이 결여된 회의일수록 한 사람의 독주가 눈에 두르러진다.

동상이몽(同床異夢)이니 오월동주(吳越同舟)니 하는 말을 연상시키는 대회였다.

큰 시인을 한 사람이라도 더 끌어들이려는 대회 주최측과 소위 세계시인회의를 관장하고 있는 국제운영위원회 사이에는 갈등이 있게 마련이다. 여비와 숙박비 일체를 부담하는 특별초청 케이스 10명 중 국제운영위원회 멤버가 반 이상을 차지했다는 사실은 무엇을 의미하는 것일까. 세계시인회의도 별 수 없이 회의꾼들에 의해 주도되고 운영되고 있음을 알 수 있다.

국내 시인들은 국내 시인들대로 어차피 우리나라에서 치르는 행사이니 나라 망신을 시키지 않기 위해 협조에 나선 것은 사실이지만, 자기 PR을 위한 개인플레이도 볼만했다. 심지어는 외국말로 번역된 개인시집이나 앤솔러지가 몇 권 나와 뿌려지긴 했지만 국제무대에서 과연 어느 정도의 반응과 평가가 있었는지 알 길 없다. 있었다면 본인이나 매스컴이 잠자코 있을 리 만무하다.

미국에서 무리 지어 온 손들은 시인보다 시 애호가가 더 많아 보였다. 한편 국제무대 참석에 더 의의를 두고 있는 중국 대륙출신의 대만 거주시인들은 인사치레가 '원더풀'의 연발이어서 멋쩍게 여겨지기도 했다.

그리고 다음 회의를 세네갈에서 유치하고 싶어 했는데 우리보다 한발 앞서 한 바 있는 미국에서 또 다시 가져가게 된 것은 납득이 안 갔다. 국제운영위원들 사이에서도 의견의 일치를 보지 못한 채 잡음만 남겼다.

당시 일본에서는 줘도 치러낼 자신이 없다고 욕심을 안 낸 모양이다. 하긴 이런 큰 행사를 하려면 국가의 보조나 기업체의 후원이 있어야 하기 때문이다. 시인들의 빈털터리 호주머니는 아무리 털어도 먼지밖에 나올 것이 없다. 우리가 크게 두 차례나 이 행사를 하고 나서 뒤늦게 일본은 90년대 중반에 이 행사를 처음으로 치른 바 있지만 마에마시(前橋)시의 도움으로 이루어졌다.

그 후 세계시인회의 경험이 있는 시 동인체가 그보다 규모는 좀 작지만, '세계시인제'를 자력으로 치르면서 경제적인 후유증에 시달린 듯하다.

이 땅에서의 세계시인회의가 최초로 결정되고 나서 유럽의 어느 나라에선가 앤솔러지를 꾸미겠다고 주최측을 통해 청탁해 온 모양이다. 이 얘기를 귀띔해준 K시인이 이승에 없으니 재확인할 길은 없지만, 아무튼 우리나라에서는 이에 응하지 않았다고 한다. 우리 시가 세계 시단에 소개될 좋은 기회였는데 왜 그랬을까. 문제는 작고 시인의 작품을 내라는 단서 때문이었던 것 같다. 자신에게 해당 사항이 없다고 내쳐비리다니 이것도 나에겐 누고두고 잊혀 지지 않는 후유증의 하나로 남아 있다.

9. 역사는 사실대로 기술돼야

일본의 중학교 역사교과서의 왜곡된 사관 때문에 한·일 친선 교류에 먹구름이 끼었다.

패전으로 기가 꺾였던 국수주의가 반세기가 지나자 아니 세기가 바뀌자 기세가 등등해진 것인가. 그리하여 자기들이 잘못한 것은 묵살하거나 곡해한 사관을 후세들에게 심어주려 하고 있었다.

진작 나는 이를 예감이라도 했듯이, 일본의 시동인지 ≪舟≫의 기고 요청에 일역시 「하네다이코 (跳ね太鼓)」로 응한 일이 있다. 일본의 국국 화를 염려하는 내용이 담겨 있는 시다. 지난 '96년 가을호에 이 시가 게재 되었는데 이를 주재하는 니시 이치지(西一知)는 우리나라 철원(鐵 原)에서 성장한 나와 동갑내기 시인이다.

    跳ね太鼓
       －西一知氏へ

    日本の最東端の小さな港
    銚子で見掛けた
    漁夫たちの
    黒潮と親潮との
    はげしいせめぎあいのような
    跳ね太鼓は
    二列横隊に並んで
    一擧に鼓をたたいては
    二人ずつからみあい抱きあつて
    ころびながら
    氣も遠くなる程打ち出すのだ

    わいしょい
    わいしょい
    氣焔を吐きながら
    實にエネルギシュでバイタルで
    我等の優雅で興の湧く
    太鼓たたきとは
    まるで違う

    そうだ

これが今日の日本を經濟大國にのし上げた
原動力かも
しかし
まかりまちがってたたき出せば
侵略行爲に繼がる
恐ろしい太鼓になるかも……と

＊　　＊　　＊

일본의 최동단 조그만 포구
조시(銚子)에서 본
어부들의
暖流와 寒流가 부딪치듯이 하는
하네 다이코*는
두 줄로 주욱 늘어서서
일제히 어울려
북을 두들기다가
쌍쌍이
얽히고 설키고 뒹글며
정신나가게 마구 쳐대는데

영치기 영차
영치기 영차
기염을 토해가며
꽤나 활기차고 정열적으로
우리네 우아하고 신바람나는
북치기와는 달라

옳지
요게 오늘의 일본을
경제대국으로 뻗어나가게 한

원동력이 됐는지도
하지만
자칫 잘못 두들기면
침략 행위로 이어질 법도 한
무서운 북이라는 생각이
문득……

　　　　* 하네 다이코(跳ね太鼓)는 도약하는 북이라는 뜻인 듯.

이 작품이 동인지에 실렸기 때문에 일반 독자의 눈에까지는 닿지 않았겠지만 동인 가운데 투덜대는 시인이 있었던 모양이다. "그럴 리가 있을라구……"라고 내가 너무 넘겨짚는 것으로 여긴 듯하다.

하지만 막상 중학생용 역사교과서를 펴낸 것을 보니 그 정체가 드러나기 시작했다. 예컨대 식민지에다 철도를 부설하고 근대화 시설을 한 것을 식민지 백성을 위해 한 것처럼 기술한 모양인데 이건 어디까지나 대륙 진출 교두보로써, 그리고 자기들의 국력을 신장하기 위한 필수 여건을 갖춘 데 불과했던 것이다.

일본 군국주의는 한반도에 머무르지 않고 만주에 진출, 이번엔 중국 대륙을 노려 철도를 부설하기 시작한 사실을 기타가와 후유히코(北川冬彦)는 「괴멸의 철도」로 일침을 가한 바 있다.

군국의 철도는 언 사막 속에 이빨을 못이 자란 무수한 이빨을 심어갔다.

한 줄로 이어진 列車속의 견고한 階級의 바리에이션
軌道는 인간을 아프게 함으로써 완성된다. 인간의 팔이 枕木밑에서 모습을 바꾼다. 그것은 나무를 떠나는 한 잎 가랑잎보다 대수롭지 않다.

(2행 생략)
군국은 드디어 한 줄기 상처 자국을 닳게 하면서 팔을 뻗는 것이다.

*沒落*으로

　이 시는 기타가와가 만주에서 철도기사로 일하는 부친의 권유로 철도 부설 공사를 직접 본 현장의 실감을 쓴 것이다. 그의 부친은 그를 만주 철도에 취직시킬 생각으로 그 수속까지 밟고 있었는데 자식인 후유히코는 이 뜻에 반하여 그 곳에서 인간을 아프게 함으로써 완성되는 군국의 철도, 계급의 바리에이션 한 잎 가랑잎보다도 대수롭지 않게 취급당하는 인간을 실제로 보고 심한 분노를 느꼈을 것이다.
　그는 이미 학창 시절에 일제의 팽창 정책이 '몰락(沒落)'으로 치닫고 있는 것을 보아버렸던 모양이다. 만철(滿鐵) 입사를 거절한 그는 평생토록 취직 생활을 하지 않았다.
　간토(關東) 대지진 때 아라가와(荒川)와 나가가와(中川)둑에서 학살한 우리 동포들에 대한 언급이 전혀 없는 것으로 보아 그들의 비인간적인 처사를 끝내 숨기려는 의도로밖에 볼 수 없다. 실상 이시가와 이츠코(石川逸子)의 희생자에 대한 『헌시』마저 없었던들 나마저 지나쳤을지 모른다.

(전략)
그대의 이름을 부르려 해도
그대의 이름을 모르고

그대는 뒤로 두 손이 묶어져
쇠갈고리나 자귀로 쪼개지고

그대는 총에 맞아 강에 차서 떨어뜨리고
(중략)
한국에서 온 그대들의 이름도 원망도
땅에 스며들어 바닥에 늘어붙은 채

반세기
우리들은 그 위를 뚜벅뚜벅 걷고

　모른 체 한다고 진실이 숨겨지거나 말살되는 건 아니다. 이시가와는 이뿐만 아니라 징용에서 희생된 사람과 종군위안부에 대해서도 일일이 현장검증과 생존자와의 면담을 통해 진실을 밝혀내어 이를 시로써 형상화, 고발하고 있다. 그야말로 충격적인 고발시라고 할 수 있는데 최근에 나는 이를 집대성하고 『흔들리는 무궁화』로 졸역한 바 있다. 실상 이를 옮기면서 가슴이 뭉클하다 못해 눈시울이 뜨거워지기도 했다.
　새삼 시인은 민족과 국경을 초월한 인류와 세계 양심의 표출자임을 재확인하는 계기가 되기도
　마침내 일본에서는 「나는 침략자」라는 속죄의 시까지 등장하기에 이르렀다. 월간시지 ≪詩と思想≫(2001. 4월호)에 계재된 사쿠라이 데츠오(櫻井哲夫)의 시가 바로 그것.

"침략자의 딸을 보듬은 당신은 침략자"
들은 바 없는 말을 들은 것은
결혼해서 얼마 안 된 아내 마사코(眞佐子)의 입에서였다.
眞佐子에게 "너는 침략자의 딸이야"라고 말한 이는 마사코의 아버지였다
眞佐子의 아버지는 수력발전 기사로 마사코는 아버지와 더불어 전국의 댐거리를 돌아다녔다

압록강에 수풍댐을 만들기 위해 아버지는 평양에 와 있었다
평양의 가게 앞에서 아버지는 眞佐子에게 치마저고리를 사 주었다

昭和 28년, 26세 眞佐子는 죽었다.
다시금 "나는 침략자"라고 일본인 입에서 들은 것은 시의 선생 무라마
쓰 타케지(村松武司)로부터 였다
村松武司도 또한 침략자의 아들로 태어나 한국에서 중학교를 졸업하였다
村松武司가 죽고 그를 추모하는 모임이 열렸을 때 숱한 한국인이 모였다
모인 한국인들은 村松武司에게 "그대는 왜 죽었는가"하며 울부짖었다
村松武司는 말하고 있었다
"나는 침략자, 그리고 한국인"이라고

아내 眞佐子와 村松武司 외에 나는 일본인 누구한테서도 듣지 못했다.
"나는 침략자"라고
나는 가리라 한국에, 그리고 한국인 앞에서 말하리라
"나는 침략자"라고
그리고 같이 무릎을 꿇고 사죄하리라
나에게는 사죄밖에 아무것도 할 수 없으니까

읽고 보니 사쿠라이에서는 『無窮花抄』라는 대표시집도 있는 나보다
다섯 살이나 연상(1924년 출생)인 시인이었다.

(전략) 植民地시대를 아는 사람이 적어지고 일부 독선적인 생각이 표면
에 얼굴을 드러냈습니다. 마치 昭和 10년 경 (1935년…역자)의 일본에 살
고 있는 것 같아 기묘한 사회풍조를 민감하게 느끼고 있습니다. (중략)
일·한의 문제는 반세기를 지났어도 아직도 손대지 않은 체입니다만
사실을 모르는 사람들이 사실을 모르는 사람들에게 지도를 받고 있는 것
이 가장 불행한 일입니다. (후략)

지난 7월 7일자에 우송된 사이토 마모루 시인의 사신의 일부분이다. 지난 5월에 지하철 대학로역에서 있었던 아시아 3국시인시서전에 대한 인사를 겸한 안부편지였다.

사이토는 한국에서 태어난 경성제대 예과 출신의 한국통인데, 일본 역사 교과서 왜곡으로 속 타는 우리들의 심정을 너무도 잘 헤아려주는 대목이 있어 소개한 데 불과하다.

몸소 전쟁도 식민지 시대도 살아보지 못한 위정자가 그것을 모르는 세대를 지도하고 있으니 이런 역사 왜곡 현상이 일어나고 있는 게 아닌가 하는 암시가 느껴지기도 "昭和 10년 경의 일본에 살고 있는 것 같아"라는 발언은 '만주사변(滿洲事變)'이 일어나고 '지나사변(支那事變)'이 발발하기 직전의 풍조를 일컫는 것 같다. 군국 국수주의가 만연하던 무렵인 걸로 여겨진다.

세기말에 나는 한동안 일본 어느 대학에 객원 연구원으로 머문 적이 있는데, 어느 날 신쥬쿠(新宿)에서 극장 간판을 보고 눈이 휘둥그레진 적이 있다. <とうぞえいき東條英機>의 영화였다. 일등 전범자를 다룬 것이어서 호기심이 동했지만, 관람은 않고 일본 시인과 그에 대한 이야기를 나눠보았다.

나는 일본이 연합국에 무조건 항복을 하자, 당시 육군대신은 즉석에서 할복 자결을 했지만 도죠는 자결에 실패하여 정식 전범재판에 넘겨져 처형된 걸로 알고 있었는데 일본 시인의 논지는 달랐다. 자결에 실패한 것이 아니라 일부러 안 죽었다는 것이다. 왜냐하면 자기가 죽으면 천황이 전적으로 책임을 져야 하기 때문에 죽지 않았다고.

이쯤 되면 일본인에게 있어 도죠는 전황을 위해 전쟁 책임을 몽땅 짊어지고 자기를 희생한 그야말로 천황의 세키시(赤子)중의 세키시가

되는 셈이다. (赤子란 군주에 대한 국민을 그의 자식으로 비유한 말)

일등 전범자가 일등 세키시라…… 여기까지 생각이 미치자 야스쿠니(靖國)신사를 참배하려는 거무튀튀한 의도가 보일 듯도 하다.

片片想・Ⅳ

왜 시를 쓰게 되었는가

기사년(己巳年) 태생인 내게 지난 신사년(辛巳年)이 꼭 여섯 번째 뱀의 해가 된다. 21세기를 맞아 도처에서 축하의 폭죽은 터졌지만 실상 내가 태어난 1929년은 어쩌면 20세기에서 가장 기가 죽은 해였는지도 모른다.

일찍이 W. H. 오든은 「1929년」이란 시에서 '공원의 병아리 마냥 어깨 사이에 목을 축 늘어뜨리고 혼자서 울고 있는 사내가 있다'고 발상한 바 있지만 이 병아리 모양의 사내야말로 나 같은 존재라고 말하고 싶을 정도이다.

나는 이 세상에 태어나면서 세계적인 경제공황을 만났고 네 번이나 전쟁을 겪어야만 했다. 소위 1931년 만주사변을 필두로 1937년 중일전쟁, 1941년 태평양전쟁(제2차 세계대전), 그리고 1950년 한국전쟁이 그것이다.

그런 의미에서 나는 괴로워 몸부림치는 저주받은 운명을 지니고 태어난 셈이다.

해방 이듬해 내 고향 원산에서는 하나의 엄청난 문학적 사건이 발생했다. 소위 해방기념 앤솔러지 ≪凝香≫ 사건이 그것인데, 당시 나는 문학 애송이에 불과했지만 이 사건은 나에게 문학적 충격과 몇 가지 계기를 가져다주었다. 앤솔러지 표지화를 그린 화가 이중섭(李仲燮) 씨와 사귀게 되었고 작품을 수록한 구상(具常) 씨를 알게 되었다. 그리고 평양에서 대학 학업을 중단하고 고향에 돌아와 예술을 찾아 월남할 결심을 갖게 되었다.

끝내 무명시인으로 작고한 황인호 씨가 이들을 소개시켜주었다. 윤용하 작곡인 '바위 고개 언덕을 혼자 넘자니…'가 바로 그가 남긴 유일한 작사인 걸로 알고 있다.

복교를 권유하러 온 교수가 대뜸 나더러 "문학 간부로 양성하려는데 왜 안 오느냐?"는 것이었다. 즉석에서 나는 "문학에도 간부가 있느냐"고 반문했다. 그러자 그는 두말 않고 일어나 가버렸다. 모르긴 해도 '이런 반동 새끼는 필요 없다'고 여긴 듯하다.

이런 나의 반발이랄까 반항은 ≪凝香≫ 시집에 대한 비판, 즉 회의적, 공상적, 퇴폐적, 도피적, 절망적, 반동적 요소들을 죄악시한 데다 백인준의 "문학예술은 당과 인민에게 복부해야 한다"는 신분 논지의 역겨움에서 비롯되었다.

구상 시인은 자아비판 직전 휴게 시간에 줄행랑을 쳤지만 이 화백은 집에 웅크리고 있다시피 했다. 당시 나는 이 화백의 그림을 통해 예술을 대하게 되었고 황 씨의 습작시를 읽음으로써 시 쓰는 버릇이 생겼다. 이 무렵 나는 보들레르의 일역판(日譯版) 시집 『악의 꽃』과 하기하라(萩原朔太郎)의 『달에 짖는다』 두 시집에 심취해 있었다. 어쩌면 두 시집은 ≪凝香≫에 뒤집어씌운 여섯 가지 죄명(?)이 다 들어 있었던 것 같았다.

이 화백의 권유로 미당(未堂)의 『花蛇集』을 고본옥에서 찾아내어 읽었다. 두 사람의 감화와 자극은 그들과 어울려 술을 마시게 했고 데카당스를 지니게 했고 시 같은 것을 부지런히 끄적거리게 했다.

1948년 겨울 부친에겐 귀띔도 하지 않고 혈혈단신 살얼음판의 한탄강을 넘어섰다. 서울에서 원산중학 동창인 송 모 군을 만나 그의 안내로 안양에 있는 '청포도' 동인을 찾았다. 그날 밤 C동인의 집에서 머물게 되었는데 새벽녘 잠에서 깨어 물끄러미 장지문을 바라보다가 시상에 잠겨버렸다.

낡은 문풍지에서
서낭당 기와 냄새가 풍기다

보고
또 보고

이윽히 들여다보면
아슬아슬 옛 이야기가 생각났다
해묵은 풍지 위에
비자욱이 서려
천년 묵은
벽화 맛이 돋아오르다

제목은 「문풍지」라 했다. '청포도' 동인들에게 이 작품을 보였더니 반기며 안양 제지공장에 근무하는 박두진 씨 사택으로 나를 안내했다. 남쪽에 와서 처음 대하는 시인이었다.

'청록파(靑鹿派)' 시인의 한 사람을 만나게 된 것은 큰 기쁨이었다. 이분을 통해 앞서 월남해 온 구상 시인의 소재를 알게 되었고, 내 졸작에 대한 소감도 들을 수 있었다. 꽤 고무적인 말씀을 해준 듯하다. 발표하라는 권유도 있어 며칠 후 나는 연합신문으로 구상 씨를 찾았다. 작품을 보고 "좀 관념적이긴 하지만…"하며 두고 가라고 했다. 후일 최계락의 「고가촌상」과 함께 민중문화란에 게재되었다. 추천란도 독자란도 아닌 어중간한 신인작품 소개란이라고나 할까.

내 작품이 처음 활자화된 순간 나는 잠시나마 고향을 이탈한 외로움과 배고픔을 떨쳐버릴 수 있었다. 중학 시절에 읽은 노르웨이 작가 함순의 소설 『굶주림』이 생각났다. 실의와 초조 속에서 하루 끼니에 곤란을 당하면서도 끝내 문학으로 명성을 떨쳐보려던 함순의 체험이 결코 남의 일이 아닌 내 것으로 현실화되고 있었다.

후일 민중문화란 투고자 모임이 있어 가 보았더니 10명이나 참석하고 있었다. 이 자리에는 문화부의 임권재(林權載) 기자와 그의 형인 평론가 임긍재(林肯載) 씨도 나와 있었다. 외톨인 내게 임 씨 집안과의 인연이 이때 싹을 틔울 줄이야. 이날의 참석자는 나보다 몇 살쯤 연상이었고 쟁쟁해 보였다. 약관도 채 안 된 나이에 소위 문단 교우에 첫발을 내디딘 셈이다.

시작(詩作) 첫 방주(方舟)

6·25전쟁 때까지 여주의 한적한 시골 초등학교 준교사로 훈장 노릇을 하며 습작을 게을리 하지 않았다. 지금 생각하면 나의 습작 시는 이중섭 화백의 감화에 힘입은 것이 아닌가 싶다.

전쟁이 발발되자 징병에 걸려들어 온양에 있는 방위학교에 차출되었다. 통영 예비사단에 소위 방위장교로 배속되어 있는 동안 초정(艸丁)과도 가까이 할 수 있었다. 다시 보병학교에 차출되어 장교로 임관된

후 백마고지에 투입되었을 때 동시집 『석류꽃』을 전선에 보내주기도
했다. 어쩌다가 백마고지 전투에서 전사한 내 연락병의 죽음을 애도한
시 「진달래」가 ≪국방≫지에 실렸는데 지금은 문단과의 인연을 끊어버
린 조영암(趙靈巖) 씨의 극진한 천거사가 곁들여 있었다.

　시 「진달래」 덕분에 나는 휴전 후 병과를 달리하게 되었고 자주 서
울을 드나들 수 있게 되었다.

　누상동에 와 있는 이중섭씨와 다시 만났다. 한 번은 몇몇이 이 화백
거처에서 술을 마시다가 흥이 돋았는지 배알이 꼴렸는지 속옷을 찢어
발기고 알몸뚱이로 밤새 술을 마신 기억이 생생하다.

　조영암 씨의 소개로 레지스탕스와 아가주망의 기치를 든 임긍재 씨
를 그의 단짝인 작가 박연희(朴淵禧) 씨와 함께 만나게 되었다. 당시 서
린다방에는 전봉건(全鳳健, 김종삼(金宗三) 등 몇몇이 늘 진을 치고 있었
다. 이미 이들은 신진시인으로 활동하고 있었는데 나는 이들 앞에서
말참견을 할 수 없는 촌놈이 되어 있었다. 영화 이야기가 나와도 꿀
먹은 벙어리가 되었고 음악 이야기가 나와도 무지 그대로였다. 시에
대한 새로운 이론에도 감감했다. '군대 바보'가 되어 돌아온 것이었다.
전쟁은 나에게 문학적 공백기를 강요했던 것이다. 한참 감수성이 예민
할 때 죽을 고비를 넘겼다. 그러나 지금 생각하면 이 체험은 나에게
절실과 폭발적인 이미지를 가져다 준 듯하다.

　　　기다려 달라던 어긋난 위치와
　　　시간은 틀림없이
　　　1950년의 변두리에서

　　　하마 눈먼 계절

나비의 화분을 묻힌
손목은 꺾기어 갔다.

장미의 눈시울이
가시를 배알은 가장
참혹했던 달.

6월은

포탄의 자세들로 터져 간
나 또래이, 젊음들은
『바리케이트』로 넘어져 갔다.

포복처럼 느릿한 155마일
휴전선의
겨드랑. 쑥발 길……

지금

꽃과 과실과 새의 털 그리고
노래를 장만하며 있을 너와 나와의
사랑찬 계절을 짓밟고

1950년.

전차가 밀던 해의
가슴팍
무너진 6월은

『캐터필라』의 두 줄기 자욱만 남기고 갔다.

이 「다리목」은 전봉건, 이종삼과 3인 연대시집 『전쟁과 음악과 희망과』를 묶어낼 때 「전쟁과」의 서두에 내민 작품이다. 순서는 앞에 김종삼 「음악과」를 그리고 이 「다리목」은 중간에 전봉건의 「희망과」가 뒤에 다뤄져 있다.

이 앤솔로지는 처남이 된 임긍재씨의 배려로 그가 주간하던 종합지 '자유세계사'에서 엮어 주었다. 매제가 된 나를 시인으로 자리매김시키기 위해 그랬는지 모른다. 하기야 연대시집을 내고 나서 일 년도 채 안되어 전봉건을 통해 ≪문학예술≫의 박남수(朴南秀)씨로부터 시를 보내달라는 전갈이 왔다. 정식 청탁은 아니었지만 자신이 추천을 하겠다는 뜻 같기도 해서 어리둥절한 심정으로 이에 응했다.

막상 발표된 것을 골라 보니 졸작 「傷心하는 접목」이 기성 대접을 받아 나왔다. 이 지면에서 한창 유능한 신인을 발굴할 때여서 고마움이 앞섰다. 그리하여 같은 제목으로 첫 시집을 냈는데 이 시집마저 박남수씨와 '백자사'가 꾸며주었다.

시인은 무슨 자격을 따듯이 하는 데서 비롯되는 것이 아니라 쓰지 않고서는 못 배기는 꾸준한 시작(詩作)에서 자신도 모른 사이에 시인이 돼버리는 것이라는 그런 생각에 꼭 부합된 결과였기 때문이다.

박남수 씨와의 인연은 이렇게 시작되어 75년 미국으로 이주한 후 94년 외지에서 타계할 때까지 이분에 대한 정교는 조금도 변함이 없었다. 100통에 가까운 서신 내왕으로도 그것을 짐작할 수 있으리라.

이 무렵부터 나는 R.M. 릴케에 빠져 있었다. 일역판 『말테의 수기』를 비롯해서 『과수원』 등 닥치는 대로 읽기 시작했다. 이미지에 대한 각성이 드러나기는 두 번째 시집 『心象의 밝은 그림자』부터였다. 순수파니 이미지스트니 하는 말이 붙게 되었다. 밥도 굶어보지 않고 고생도 안 해본 사람의 글장난이라는 비난도 들려왔다. 나는 괴로울 때나 고통스러울 때 밝고 아름다운 것을 추구한다. 그래서 나는 자기 구원으로서의 시를 생각하게 되었고 종교적 차원(次元)으로서의 시를 의식하였는지도 모른다. 이미지의 조형과 존재의 추구를 시도한 것을 묶은 것이 세 번째 시집 『午前의 投網』이었다. 이 무렵 제일동포 시인 이기동 씨를 만났다. 그는 우리 시를 일본에 소개하고 싶어 했다. 그 후 그의 손을 거쳐 우리의 현대시가 일본의 시지에 소개되기 시작했다.

이 땅에서 처음으로 국제펜대회가 열렸을 때 이기동의 부탁으로 구사노(草野心平)의 시 「북한산」을 번역해 준 것이 인연이 되어 구사노와의 만남을 그가 주선해 주었는데 호텔 로비에서 우연히 마주친 기다카와(北川冬彦) 만을 만나고 돌아왔다. 내가 처음으로 대한 외국 시인이었다. 한 시간쯤 이야기를 나눈 듯하다. 일본 현대시의 기수였던 노시인을 통해 이미지에 대한 나의 신념, 곧 시에서의 '생동하는 이미지'와 '배경의 흔들림' 같은 것을 습득하게 되었다. 기다카와가 주간하는 동인지 ≪時間≫에 기고하게 되었고 『현대시 앤솔로지 1972년(하) 北川冬彦 編』에 졸시 「사막」이 원문 그대로 게재되었다. 해설은 일어로 문덕수 씨가 써 주었다. 이 지면을 통해 테드 휴즈, 제임스 라이트, 에른스트 얀들, 아이칭(艾靑) 등의 해외시인들을 대하게 되었다. 일본시단 진출의 첫발을 내디딘 셈이었다.

평가 기준의 대표작

같은 작품을 여러 지면에서 다루고 언급해 주는 것은 그만큼 관심의 대상이 된 데서 비롯되는 것 같아 감히 대표작으로 「0」을 내세우기로 한다.

　　예금을 모두 꺼내고 나서
　　사람들은 말한다
　　빈 통장이라고
　　무심코 저버린다
　　그래도 남아있는
　　0이라는 수치

　　긍정하는 듯
　　부정하는 듯
　　그 어느 것도 아닌
　　남아있는 비어있는 세계
　　살아있는 것도 아니요
　　죽어있는 것도 아닌
　　그것들마저 홀가분히 벗어버린
　　이 조용한 허탈

　　그래도 0을 꺼내려고
　　은행 창구를 찾아들지만
　　추심할 곳이 없는 현세
　　끝내 무결할 수 없는
　　이 통장

　　분명 모두 꺼냈는데도
　　아직 남아있는 수치가 있다
　　버려도 버려지지 않는
　　세계가 있다

이 「0」이 일본의 시 동인지 ≪岩礁≫에 번역, 소개되자 토요미술출

판판매의 연간 앤솔로지 ≪詩と思想詩人集≫(1998)과 월간시지 ≪詩と思想≫ 특집 '연간총괄 베스트 콜렉션 100' 속에 픽업되고 나서 이 시지가 매달 일·영역으로 한 편씩 다루는 바이링 걸 포엠에 해외시인으로서는 처음으로 이 작품이 선정되었다. 또한 국제 펜에서 발행하는 PEN INTERNATIONAL(Volume19 No.2, 1999)에 정소영 씨가 번역한 「0」이 8개국 시인들의 작품 속에 수록되기도 했다.

이 「0」은 1960년대 말부터 10여 년간 근무한 은행생활의 체험에서 나온 것이다. 가정적으로는 가장 난처했던 시기의 소산(所産)이다. 마이너스로 치닫다 못해 나는 직장까지 포기해야만 했다. 자살까지도 생각했지만 나와 동갑인 영국인 알바레스의 『자살의 연구』를 번역하면서 그 유혹을 가까스로 뿌리칠 수 있었다.

그때 나는 0의 상태를 얼마나 동경했는지 모른다. 있는 것도 없는 것도 아닌 긍정도 부정도 아닌 버려도 버려지지 않는 그런 경지를 말이다.

이 시가 ≪시문학≫(1972. 2)에 발표되자 문덕수 씨가 즉각 「모순적 인식방법」에서 다음과 같은 반응을 보였다. 그 내용을 일부 소개하면 다음과 같다.

김광림의 「0」에서 우리의 주의를 끄는 대목은 '그래도 남아 있는 0이라는 수치'이다. 예금잔고의 전무하는 일상적 인식에서 0이라는 수치의 존재, 다시 말하면 있었던 수치를 다 소비해버리고 없어진 그 상태의 실재를 형이상학적으로 인식하고 있다. 처음부터 '없는 것'과 '있었다가 없어진 것'과는 그 실제가 판이하게 다르다. 처음부터 없었던 것은 '無'이지만 '있었다가 없어진 상태'는 그 자체 '有'이기 때문이다. 이 시의 첫 연의 '일상적 무'와 '형이상학적 유'의 대립은 모순과 갈등이다. '긍정과 부정'의 병치(竝置)는 심리적 철학적 갈등의 기복을 보이고 다시 그 어느 것도 아니라는 변증법적 총합으로 나아간다. 그리하여 '남아있는 비어있는 세계'에서 無와 존재를 포괄한 총합의 경지를 보게 된다.
김광림의 시는 다각적인 면에서 그의 인식 방법이 고찰되어야 하겠지만 여기서는 모순적 인식방법만을 지적해 두기도 한다.

이쯤에서 나는 그의 '모순적'이라는 말에 그가 진작 나의 아이러니의 시 세계를 꿰뚫어보고 있었다는 데 놀라지 않을 수 없었다.

변모와 시야의 확대

지난 1991년에 나는 세 번째 시론집 『아이러니의 시학』을 상재한 바 있다. 그 속에서 21세기 시문학의 한 방향으로서 '뛰어난 상상력, 아이러니'를 언급한 바 있지만 우리나라에서는 아이러니에 관해 이렇다 할 논의가 이루어지지 않고 있다.

아이러니를 문화적 현상으로 고찰한 학자도 없을뿐더러 문학적 현상으로 취급하고 있는 비평가도 아직 눈에 띄지 않는다. 시에 있어서의 아이러니를 논하는 시인도 극히 드물다. 모두가 자연주의자거나 현실주의자여서 그런지 모순이나 부조화의 현상이 일어나지 않는 사회여서 그런지 좀처럼 분별이 안 된다. 다만 시의 경우는 지금도 여전히 감정이입이라든가 사고(思考)의 전달에 좀 더 충실했기 때문에 인간의 이성으로서는 납득이 안 가는 초자연의 세계를 등한시하기 때문에 아이러니의 현상을 못 보거나 외면하고 있을지도 모른다.

뜻밖에도 우리나라에서 내 시에 아이러니를 본 평자(評者)는 젊어서 요절한 윤강원이었다. 그는 나와 일면식도 없었지만 ≪시문학≫(1984. 10)지상에서 「아이러니」라는 제목으로 시 「유카리나무」를 비평한 바 있다. "그는 전주 송광사의 뜰 앞까지 닿아있는 유카리나무가 불문의 영역에 서서 어쩌면 수난의 예수를 구출해 냈을지도 모른다는 상상력에서 아이러니와 마주친 듯하다"라고. 이와는 대조적으로 졸시 「불법승 소리」도 파주시 초리골에 있는 가톨릭 수도원 근처 야산에서 불법승(佛法僧) 새가 울고 있는 것도 아이러니컬한 현상이 아닐 수 없다.

전후(戰後) 50년째에 일본에서 상재한 『キムクワンリム 김광림 시집』에 대해 그곳의 여러 평자로부터 아이러니, 해학, 풍자, 유머, 위트 등의 문제가 제기된 데는 놀라지 않을 수 없었다. 그 속의 극히 일부만을 소개하면 시라이시(白石) 가즈코는 이 시집 해설문에서 "그의 시를 통해 반도가 지닌 무게, 운명, 의지를 알 수 있을 것이다. 그것은 직구(直球)의 노여움도 애잔함도 아니고 해학이라는 멋진 표현으로 쓰여져 있다. 이 무거운 운명과 문명 비평 시집이 유머와 위트와 풍자로 지탱되어 있는데 나는 경의와 공감과 기쁨을 느낀다."고 했다. 또한 시가와(佐川亞紀)는 아래와 같이 언급하고 있다.

> 김광림의 시는 가장 모던하다. 아이러니, 위트, 유머, 긴조한 눈, 즉물성, 오늘의 말과 사물을 시 속에 거두어 넣어 열려진 시 정신, 날카로운 지성과 속 깊은 슬픔이 있으면서도 독특한 웃음과 따스함이 독자를 끌어들인다."
>
> ―≪潮流詩派≫ 1998. 174호

이쯤에서 나는 한때 순수파니 이미지스트라는 딱지가 붙은 적이 있지만 어느덧 해학, 풍자, 유머, 위트 등을 지닌 넓은 의미의 아이러니스트가 돼버린 것을 실감하게 되었다.

우리 시가 세계적인 시가 되려면 안이하게 세계적 수준을 운운할

게 아니라 우리 시의 시야부터 넓혀야 할 일이다. 그리고 행동반경도 확대시켜 나가야 할 것이다.

코스모폴리탄의 눈길

어쩌다 출판기념회에 나가게 되면 한동안 적적했던 글벗들과 만나 반주(飯酒)하며 담소하는 기쁨을 누리게 된다. 하지만 이런 기회는 몇 해에 한두 번 있을까 말까.

그런데 올해 들어 지난 1월 말에 외국에서 초청장을 받았다. 일본에서 여러 차례 그런 일이 있었지만, 대체로 나의 일문판 저작물에 대한 행사였지만 이번에는 시라이시(白石) 가즈코의 희수(喜壽)축하를 겸한 저서 『시의 풍경·시인의 초상』 출판기념회가 2월 10일에 베풀어졌다.

발기인만 해도 오십 명인데다 참가자는 이백 육십 명을 넘었다. 문제는 이 출판기념회가 자신의 시집이나 평론집 또는 에세이집 출판이 아니라 시라이시가 국제적인 시의 세미나나 낭독회 등에서 사귄 국제적인 시인을 대상으로 삼은 데 있다. 즉 지난 1997~2007년 사이 시지 ≪るしおる≫에서 끊었다 이었다 하며 12명의 시인을 다룬바 있는데 출판사의 요청으로 3명을 추가 15명으로 출간되었다.

일본시인 6명에다 외국시인 9명 등 10년이나 걸려서 이뤄진 노작이었다. 축하 장소는 호텔을 겸한 사학회관으로 지난해 10월 이곳에서 나의 에세이집 『자유의 눈물』출판기념회가 50명 정도로 이루어진 데 반해 이번엔 260명이 넘는 큰 홀이 꽉 찰 정도였다.

집필 대상자 중 10명은 이미 타계하고 생존자는 고작 5명, 그 중 나만이 얼굴을 드러내기에 이르렀다. 오오카(大岡 信)를 비롯해서 축사가 시작되었는데 중간쯤에서 나도 하게 되었다.

"희수를 맞은 축복과 내외시인 15명을 다룬『시의 풍경·시인의 초상』출판기념회에 참가하게 되어 영광스럽습니다. 실은 내가 한국에서 달려온 것은 시라이시 가즈코씨가 세는 나이 80이 된 나의 누이동생이 되어주었기 때문입니다. 고향을 떠난 지 나는 꼭 60년이 됩니다. 북에는 네 명의 누이동생이 있습니다만 전연 연락이 취해지지 않아 외톨박이가 되어 있습니다. 시라이시 씨가 16년 전『현대시라멜』에 발표한「태양이 곁에 있다」라는 연시에서 "북에서 남으로 온 사나이는 어찌하고 있지, 나의 서울의 오빠여"라고 쓰고 있었습니다. 그로부터 최근『현대시연감 2007』에「저 사내는 반도다」를 발표, "벌써 반세기 전이다 나는 저 사나이가 / 무지개처럼 서 있는 것을 보았다. 시제(詩祭)의 언덕위에 / 그로부터 우리들은 오빠와 누이가 되었다"라고 호적에는 오르지 않았지만 오빠와 누이가 되어버렸습니다. 오늘의 이 모임에서 처음으로 고백합니다만 아무튼 시라이시 씨의 희수와 출판기념회 덕분임을 깊이 감사하는 바입니다."

나는 몇해 전「이 한마디」라는 참회시에서 "천하의 불효막심이란 말에는 / 꼼찍달싹 않고 / 눈물만 글썽서려 / (중략) 아아 숙도록 / 내쳐버릴 수 없는 / 이 한마디"로 눈물의 고백을 한 바 있지만 지지난해 이북도청의 배려로 얼굴도 모르는 조카의 편지를 받아보고 부모님이 80년대에 돌아가신 걸 알았다. 그리고 나의 탈북에 용기를 준 막내남동생의 탄생이 6·25때 꺾인 걸 알고 혈통의 단절에서 오는 불효막심을 통감하기에 이르렀다. 절망의 수렁에서 허우적대는 나에게 한줄기 빛이 되어준 것은 시라이시 가즈코의 '오빠'라는 한마디였다.

자기소개의 차원

대인 관계에 있어서 얼굴만 내밀고 손을 맞잡으면 되는 것이 아니다. 자기소개를 하는 것은 너무도 당연하다. 무슨 일을 하고 있는 아무개라고.

하지만 비행기 타러 가서 검색절차를 밟을 때 뭘 하는 아무개라 새삼스레 내세우는 것은 어색하기 이를 데 없다. 지녀서는 안 될 물건을 탐색하는 절차에서 자신을 운운한다는 것은 사람됨을 말하는 것만큼이나 으스대는 꼴이랄까.

자신이 뭘 하는 아무개라고 내세울 때가 따로 있지, 아무데서나 내세우는 것은 어색하기만.

국내 비행장에서 출국할 때 실제로 목격한 일이지만 "나 시인 아무개"라고 하거나 "나 아무개 의원"이라 하는 것을 엿듣고는 어색한 심정에 사로잡혔다.

자신이 뭘 하는 아무개라고 내세울 때가 따로 있지, 아무데서나 내세우는 것은 차라리 꼴불견이라고나 할까!

한번은 일본 공항에서 출국 절차를 밟을 때 하도 까다롭게 왜 왔느냐? 무슨 일로—하고 따지길래 때마침 몸에 지니고 있던 〈도쿄(東京) 신문〉 문화란을 말없이 내밀었다. 거기엔 나에 관한 기사와 얼굴이나 있었기에. 검열관은 두말없이 나를 통과시켜 주었다.

자기를 내세워 덕을 볼 때도 있겠지만 되도록이면 이런 일은 삼가는 것이 좋을 듯 싶다. 관청 같은 데 가서 시인이라고 자기소개를 해본들 제대로 거들떠보지도 않지만 기자라고 하면 눈이 휘둥그레지며 용건을 묻는다.

릴케가 그의 애인 벤베누타와 기차를 타고 베니스를 가던 중 앞자

리에 앉은 젊은 아가씨가 조그만 책을 읽고 있었는데 그것이 릴케의
에세이 『기수 크리스토프 릴케의 사랑과 죽음의 노래』였다. 그는 그
책이 자기 저서인 것을 알아차렸지만 모른 체 하라고 옆자리의 벤베누
타에게 눈짓을 했다.

이 아가씨는 홀딱 책에 빠져 그들에게는 전혀 신경을 쓰지 않고 있
었다. 하지만 30분 쯤 지나면 기차에서 보인다는 비첸짜 근처의 로톤
나에 관해 벤베누타에게 이야기하자 아가씨는 눈을 들고 그 건물을 보
러 갈 수 있는지, 자기는 로톤나 때문에 여행을 중단하고 비첸짜에서
내리려 하는데 어떻겠느냐고 주섬주섬 물어왔다.

그러자 릴케는 이렇게 대꾸했다. 그 건물의 소유주나 백작부인은 대
개 봄, 가을 몇 주 동안 따님과 함께 거기서 지내며, 설령 거기서 아무
도 살지 않더라도 관리인을 잘 알고 있는 그에게 소개장을 써줄 수 있
다고 말했다.

그러자 그녀는 정중하게 인사를 하고 나서 다시금 책에 몰두해버렸
다. 자기가 지금 애독하고 있는 책의 저자가 자기 앞에 앉아 있으리라
고는 꿈에도 생각지 못한 채.

베첸짜에서 기차가 멎자 릴케는 앞서 약속했던 대로 소개의 명함을
그녀에게 건넸다. 순간 그녀는 그것을 읽자 얼굴이 홍당무가 되어
"릴케 님"
그녀는 당황하여 말을 더듬었다.
"……저는 ……저는 정말 ……용서 하십시오 ……제발……"
하마터면 그녀는 기차에서 내리지 못할 뻔 했다. 릴케는 그녀가 너
무 흥분해서 잊고 내린 조그만 가방과 책을 창밖에 있는 그녀에게 건
네주었다. 그러자 그녀는 넋을 잃은 듯이 플랫폼에 멍청히 선채 사라

져가는 기차를 향해 손을 흔들며 울고 있는 듯했다.

자기소개도 이런 차원에서 이루어지면 상대방의 감격과 경탄을 자아내게 마련이다.

무명시인의 불멸의 시

시인의 유명도는 직업에 있는 것도 학위에 붙는 것도 아니다. 오로지 발표된 시작품 됨됨에 있게 마련이다.

일정한 수입도 거처도 없이 떠돌이 생활을 하면서 끄적거린 시, 이것이 천하의 애독자를 거느려 유명해진다.

이 땅에선 그 전형적인 시인이 김삿갓이다. 일상의 따분한 분위기 속에서 김삿갓이 등장하면 활기가 돋는다. 더욱이 술좌석의 분위기는 김삿갓의 시구(詩句)가 소용돌이치게 만든다.

일정한 신앙도 귀의도 없이 평생토록 나를 시 쓰게 만든 것은 김삿갓이라고나 할까. 그런데 근래 시 때문에 유명한 시인보다 무명시인의 불멸의 시가 나를 더 사로잡고 있다.

나의 묘소 앞에서
울지 말아 주세요

거기에 나는 없습니다
잠들어 있지 않습니다
千의 바람에
千의 바람이 되어

저 커다란 하늘을
불어 닥치고 있습니다

가을에는 빛이 되어 밭에 내리쬐는
겨울은 다이아몬드처럼
번쩍이는 눈(雪)이 된다
아침은 새가 되어
그대를 눈뜨게 하고
밤은 별이 되어 그대를 지킨다

이 시 「千의 바람이 되어」의 작자에 대해서는 아무도 모른다. 어느 나라 사람의 것이라는 건 일본의 〈아사히(朝日)신문〉이 「天聲人語」란에서 알렸을 뿐이다. 거기에 이 시와 더불어 다음과 같은 코멘트가 기록되어 있었다.

"영국에서는 95년 BBC가 방송하여 큰 파문을 일으켰다. 아일랜드 공화군의 테러로 죽은 24세의 청년이 '내가 죽거든 개봉해주세요'라고 양친에게 맡긴 봉투 속에 이 시가 남겨져 있었다."고 한다. 또 이 시는 미국의 매스컴에 의하면 진작 77년에 영화감독 하워드 호크스의 장례식 때 존 웨인이 낭독하였으며 87년에는 마리린 몬로의 25주기에서도 낭송된 것 같다는 코멘트가 나돌고 있다.

더욱이 이 시의 작자는 지금까지도 알려지지 않고 있어 무명시인으로 외톨로 걷고 있을 뿐이란다. 시도 그림도 음악도 참으로 좋은 것은 누가 꾸몄는지 몰라도 끝내 외톨로 걷게 마련이다.

외톨박이 방에서 태어난 시가 다른 외톨박이 방에 소리 소문 없이 살짝 스며든다. 상상력에서 상상력으로―여기에 시나 예술의 깊은 비밀이 숨겨져 있는 듯하다. 밀어붙이거나 깊이 생각하거나 권위 등은 전혀 필요치 않다고나 할까.

이름 따윈 없어도 좋은 것은 좋은 것으로 그것은 단지 벌거숭이로 그곳에 있으면 된다.

처음 이 시를 대했을 때 나는 마음 속 깊이에서 불어오는 바람소리를 들었다. 그래서인지 한번 읽어도 잊혀지지 않는 시를 만나 고쳐 읽을수록 바람에 불리어 마음의 심층에 자꾸 빠져드는 것을 의식하게 된다.

혹시 우리 주변에서도 이와 같은 무명 시인의 시를 만날 수 있게 된다면 그의 사색의 거처를 탐색해 볼 만하다.

■金光林

1929년 북한 원산(元山)에서 출생. 고려대 문학부 졸업. 1948년부터 시를 발표하기 시작. 관청 공무원을 거쳐 외환은행 근무. 장안대 일어과 교수로 정년퇴임.

한국시인협회장, 아시아시인협회 한국측 집행위원장 역임.

주요 저서로는 국내에서 시집 『상심하는 접목』, 『이 한마디』 등 17권과 그 밖에 여러 권의 선시집이 있으며, 일본에서 세계시인 총서로 『김광림 시집』 두 권 출간, 대만에서 김광림 시선 『반도의 아픔』이 출간되었음. 『아이러니의 시학』, 『김광림 시세계』 등 6권의 시론집과 에세이집 및 번역서 등 40여 권이 있음.

주요 수상으로는 국내에서 한국시인협회상, 대한민국문학상, 보관문화훈장 등과 해외에서 일본의 地球賞, 일·한 문화교류기금상, 대만의 中興文藝特別貢獻獎 및 재미교포시인들에 의한 박남수문학상 등이 있음.

세계화 시대 열린 시학

2008년 10월 20일 1판 1쇄 인쇄
2008년 10월 30일 1판 1쇄 발행

지은이 • 김 광 림
펴낸이 • 한 봉 숙
펴낸곳 • 푸른사상사

저자협의
인지생략

등록 제2-2876호
서울시 중구 을지로3가 296-10 장양B/D 701호
대표전화 02) 2268-8706(7) 팩시밀리 02) 2268-8708
메일 prun21c@yahoo.co.kr / prun21c@hanmail.net
홈페이지 //www.prun21c.com

ⓒ 2008, 김광림

ISBN 978-89-5640-651-0 93800
값 18,000원

☞ 21세기 출판문화를 창조하는 푸른사상에서 좋은 책 만들기에 노력하고 있습니다.